U0553211

/ 直隶图书馆 · 保定 /

/ 定州塔・定州 /

/ 秦峰塔 · 千灯 /

/ 保俶塔 · 杭州 /

/ 新安江 · 杭州 /

/ 苏堤 · 杭州 /

/ 可园 · 苏州 /

/ 木渎古镇·苏州 /

/ 枕河人家·苏州 /

/ 沧浪亭 · 苏州 /

/ 平江路·苏州 /

/ 沧浪亭·苏州 /

/ 艺圃 · 苏州 /

/ 盘门 · 苏州 /

/ 虎丘塔 · 苏州 /

# FALL IN LOVE WITH A CITY

# 爱上一座城

杨戈 著

初心如故 总会相逢

北京联合出版公司
Beijing United Publishing Co.,Ltd.

图书在版编目（CIP）数据

爱上一座城：初心如故，总会相逢 / 杨戈著. --
北京：北京联合出版公司，2018.10（2023.3 重印）
ISBN 978-7-5596-2362-1

Ⅰ. ①爱… Ⅱ. ①杨… Ⅲ. ①游记—作品集—中国—
当代 Ⅳ. ① I267.4

中国版本图书馆 CIP 数据核字（2018）第 164317 号

爱上一座城：初心如故，总会相逢

作　　者：杨　戈
出 品 人：赵红仕
责任编辑：夏应鹏
封面设计：赵银翠

北京联合出版公司出版
（北京市西城区德外大街83号楼9层 100088）
北京新华先锋出版科技有限公司发行
涿州汇美亿浓印刷有限公司印刷　新华书店经销
字数102千字　620毫米×889毫米　1/16　15印张
2018年10月第1版　2023年3月第2次印刷
ISBN 978-7-5596-2362-1
定价：59.00元

# 序

//

## 有趣的人总是在路上

2015年，网上有一件轰动的事情，一位女教师以“世界那么大，我想去看看”为理由，递交了辞职信，区区十个字被网友评为“史上最具情怀的辞职信，没有之一”。

现代人总在高呼“要么读书，要么旅行，身体和灵魂必须有一个在路上”。

古人没有现代人的科技支持，没有高铁，没有飞机，没有私家车，他们靠的是驴马、小舟甚至是双腿，但他们从没有缺乏过现代人所拥有的情怀和罗曼蒂克。尽管他们的出行大多是在宦游、经商甚至是逃难的背景下进行的。

翻开古人的诗篇，十之三四是发生在岸边渡口的执手相别或者古道驿站的折柳相赠。古人的离别是真正的离别。这一别，山高水远，天各一方，没有时时的朋友圈可更新，没有短信和微信可以发，没有视频聊儿不要可以秀，写一封书信能不能收到完全看“人品”。或许这次分手后，下次再见面，十年八载就过去了。或许这次分别后，这辈子就过去了。所以古人的离别诗写得都很情真意切，因为每句都有可能成为绝唱。

九百多年前的宋朝人杨万里是一位有趣的诗人，他写出了很多浅显易懂却又不失俊雅的诗。

那年夏天的一个清晨，当他陪着友人林子方走出位于西湖南岸的净慈寺时，抬头正好望到湖面上那一大片盛放的荷花，于是“借花献佛”，欣然写下了“毕竟西湖六月中，风光不与四时同”的句子送给即将远去福建做官的朋友留作纪念。

谁又会想到，九百多年后的今天，却引得多少痴人寻着他的诗句，冒着被闷热潮湿虐成狗的天气在西湖六月中跑到杭城去，就是为了去看他诗里那一片“接天莲叶无穷碧，映日荷花别样红”。

在我看来，这样的人，活得才有趣。

同样对杭州喜欢到无以复加的明末才子张岱说过：“人无癖不可与交，以其无深情也。”

交朋友、过日子，都是如此。不可太一本正经，要有趣、有癖、有深情才好。

历史长河中，有趣的人实在太多。一座城池，几百年或上千年前的一段故事，三五句诗词，用文化的力道镌刻在岁月的墙壁上，熠熠放着光芒。明末的书商毛晋有一句话说得好：“千载下读伯虎之文者皆其友，何必时与并乎？”谁说商人眼中只识得铜臭，你看人家这话说得多么透彻，读了你的诗文便就是你的朋友了，又何必与你生在同时呢？！

十几年来，我便追寻着这些文化碎片的踪迹到处乱走，随笔涂鸦，行旅间留下些许断章残句，记录着和历史上那有趣的人们的隔世相会以及这些名城古镇的前世今生。遥想当年，打起背包迈上旅程之时，还算得上是个青葱少年，孤身一人。而今，白驹过隙，拖妻携子，在柴米油盐中沉浮，已经逐步化身为网友们热议的“油腻大叔”。

感谢新华先锋出版科技有限公司和编辑老师们，把这些章句从蔓草丛中重新拾了起来，去芜存菁，才汇成今天呈现在您手中的这本册子。若你喜欢，我亦欣然。

平时读姜夔的诗词不多，但最喜欢他有一句：“平生最识江湖味，听得秋声忆故乡。”

江湖何在？故乡何在？就在书中的千言万语。

# 目录 Contents

目 录

Contents

/

/

/

## 京师锁钥古北口 //

1

元代之前，中国的历史上从没有一个大一统的朝代敢把国都放在北京。相对彼时的华夏版图而言，北京太远离中原腹地、鱼米之乡、文化中心这一类的地方，三面环山的地势又让它的周遭充满了不安定的未知。山的那一面，就是塞外，就是草原，就是匈奴、鲜卑、契丹、女真、蒙古这些危险的元素。因此，在早期的封建王朝，北京一直——并且只能充当着边塞、关卡、军事重镇这类的粗线条硬角色。

边塞就要有个边塞的样子，关卡总要有关卡的风范，直到今天，在北京的周边还散落着诸如居庸关、八达岭、沿河城这样具有军事色彩的地名，而历尽沧桑的古北口更是这个重镇中的重镇。人们在谈到古北口的时候几乎毫无例外地一致选用了“京师锁钥”这个词，一旦这把镇守着京师北大门的大锁被打开，那便意味着通往京城的路门户大开，可长驱直入了。

三百年前，清朝词人纳兰容若路过古北口的时候写下了“一抹晚烟荒戍垒，半竿斜日旧关城”的诗句，这昏黄的画面影印在我的脑海中久久挥之不散，不知道今天这座晚烟斜日下的古镇变成了什么模样。

从北京城里到古北口镇，坐上汽车快快慢慢地也要赶上三个多钟头的路程。车子过了密云城区，人烟便渐渐地少了，村庄亦渐渐地稀了，只有两侧的远山近石从车窗边飞逝退去。再往山道深处开去，开始看到两旁的山上出现了规模大大小小的烽火台，或者完整，或者残破，就像一双双漠然的眼睛冷冷地注视着我们这些不速之客的到来。

半路上收到朋友发来的一条短信：出了古北口，就是塞外了。只有短短十个字，略显矫情，却瞬间在我的心头抹上一层荒凉。尽管很清楚背后不远处还是那座繁华的大都市，但转过头去看的时候，却被群山和树木遮住了视线，再也看不清楚。

那一刻，我顿时明白了辛弃疾“西北望长安，可怜无数山”的心情。

## 2

我们落脚的地方叫作河西村。一条潮河由南至北穿关而过，很自然地将古北口镇分成了河东和河西。我们所在的这个村子，虽然看上去并不起眼儿，甚至颇有些破落，但往远了说，这里是西汉时汉武帝建立的奚城，往近些说，这里是清朝军队曾经大肆驻扎兵马的柳林营。

当年唯一的官道在一场新雨后，还清晰地留着泥泞的车辙印，这里仍是河西村老少们每天都要踏过的路程。村中有几株老树，有几间老房，屋顶上开满了不知名的紫色小花，映衬着道旁正金黄怒放的向日葵和青翠的玉米地。树下总有些老者在悠闲地乘凉交谈，或许是些前朝典故，或许只是些家长里短。望着眼前这一片屋舍俨然、鸡犬相闻的情景，我们这些兴致勃勃而来的过客仿佛成了那个闯入桃花源、一脸新鲜的武陵渔人。

能写出《桃花源记》的陶渊明，他心中的田园是“采菊东篱下，悠然见南山”的，而在古北口，抬头看到的却是长城。残旧的边墙在卧虎山和蟠龙山的山脊上延伸，像一段苍凉的历史的行板。没有了狼烟的墩台矗立在这段乐曲当中，似一个划破天际的强音，刺激着我们的直觉。

长城真是奇迹，不仅仅在于它建筑的难度和艺术，更在于它就像是一座雄伟的坐标轴——横向，自东至西将我们的疆土连成一片；纵向，从古到今又把我们的历史延续开来。

就眼前这段古北口长城而言，从春秋争霸时燕国夯土堆成的烟墩，到南北朝时北齐筑起的石砌边墙，再到大明王朝在徐达、戚继光、谭纶等一代一代的大将带领下修建成的固若金汤。时光在这里一点一滴地沉淀，智慧和劳动一砖一瓦地积累，古北口就仿佛从一个懵懂初成的少年蜕变成了雄姿英发的将军。

人们从四面八方涌来，不同的肤色、不同的眼神、不同的语言、不同的目的，长城内外，他们交谈、交易、交战。长长的边墙仿佛围成一块雄壮的幕布，小小的古镇搭起了一座热闹的戏台，乱哄哄，你方唱罢我登场。

## 3

而在河东的关帝庙里倒是真的有一座大戏台，正对着群峰怀抱的卧虎山长城。然而这却是一座九州内外大大小小的戏班最不愿来的戏台。因为这是一座国内为数不多的背南面北的戏台，每年一到冬春时节，戏子们一登台，便是尘沙扑面；一张嘴，便是一口西北风。然而对于戍边的兵士们而言，能看上一出折子戏几近于一场奢侈的盛宴。只有在听戏的这一段短短的时间里，他们才能不必面对寒风，才能享受一下阳光打在身上的温暖。

锣鼓声起，台上粉墨登场了，有时演的是三英战吕布，有时演的是虞姬别霸王，台下是热烈的鼓掌、疯狂的叫好甚至是放肆的口哨。但若是赶上哪个新来的戏班唱上一出全本的“可怜无定河边骨，犹是春闺梦里人”，台下黑压压的一片却是全场的寂静。人生如戏，戏又如人生，这个破旧的戏台承受着太多思念的重量。到了夜深人静时，不知从谁的营房里传来深沉的箫声，又不知是谁在低低地哭泣，两种呜咽纠结在一起，在如霜月色下的边墙上空盘旋不去。

秦时的明月汉时的关，戍边的将士们风霜雨雪中，任时光染白了鬓角，他们当中，有的人最终回到了故乡，有的人把这里当作了故乡。一代一代随着逶迤蜿蜒的边墙传到今天，小小的河西村不到两千户的人口中竟然包含了七个不同的民族、一百二十四个不同的姓氏。他们的祖先，或许来自不同的时代，或许来自不同的地方，但是他们，穿越过时间和空间，都成了今天的古北口人，这一段宿缘，真是曼妙。

## 4

身处要塞的古北口，战时为浴血厮杀的疆场，和时则为互通有无的集镇。就拿宋朝而言，同北方的辽、金打打和和，交好的时候两国互派使者互修友好，宋朝的政府高官诸如富弼、欧阳修、王安石、苏辙都曾由古北口出关出使辽国，欧阳修还曾满怀诗意优哉游哉地在黄昏时候匹马盘桓登上边墙，留下了“古关衰柳聚寒鸦，驻马城头日欲斜。犹去西楼二千里，行人到此莫思家”的诗句。只是这南北双方翻脸比翻书还快，转眼又是你死我活的争斗了。有宋一朝从古北口给我们传来的胜利的消息着实不多，好在还有一支让辽军闻风丧胆的杨家将为我们挽回颜面。

杨家将的故事在中国妇孺皆知，但关于杨家的庙宇在全国只有两座，一座在杨家镇守的山西雁门关下，另一座就是古北口镇上的这座杨令公庙，据说每年一到农历九月十三杨令公诞辰的日子，来自全国各地和海外的杨氏后人们都会赶到这里聚会祭祀，把不大的小庙充得门庭若市。然而有趣的是，真实的历史上，在古北口有史可查的大大小小一百三十八次战役中，并没有出现过杨家将的身影，而这样一个张冠李戴的美丽错误，大概也能从一个侧面诠释了杨家将的威名天下吧。

由于各种各样的浩劫，这座令公庙是目前古北口镇上年代最早的建筑了，建于公元 1025 年，当时的燕云十六州还掌握在辽国人的手里，正如苏辙后来在诗里写的“驰驱本为中原用，尝享能令异域尊”，在辽国的土地上，由辽国的皇帝为自己的对手立一座庙堂，这种气度和胸怀着实让我大为惊叹。

## 5

就像上文所说的，古北口从不缺乏浴血奋战的场面，在这片土地大大小小的一百三十八次战役中，最惨烈的一次发生在 1933 年。那一年的初春，日本侵略军派出一个步兵师和一个骑兵团，在飞机、大炮、装甲车的帮凶下，对古北口一线进行了攻击。负责守卫的中国革命军二十九军顽强反抗，但终因实力差距太大，且战且退。最后只剩下了七名士兵，利用山头残破的边墙和烽火台进行阻击。这恐怕是历史上最后一次行使长城的功能，七个人守住日军的必经之路，挡住侵略者一拨又一拨的攻击，共歼敌一百多人。最终，日本人把手雷扔进了烽火台，转眼那里就成了废墟。

黄昏的古北口，没有意想中的残阳如血，只是暖暖地将裸露在外的砖墙镀上了一层金黄。当年横刀跃马的旧边城如今塞草霜风满地秋，如今的古北口就似一位解甲归田的老将军独自守着旧事的回忆，几分寂寥，几分落寞。

那一夜宿在河西村的农家，半夜迎来入夏之后最大的一场暴雨。雷声滚滚，风雨大作，仿佛诗人笔下的“铁马冰河入梦来”……

这，大概是寂寥的古北口对我们最真挚的倾诉吧！

## 八督之首保定府 //

1

保定！保定！

不知道从什么时候开始的，保定开始成为身边某些人嘲讽的对象，笑那里的城市太破，笑那里的人太土，笑那里的话太怯，笑那里的吃食除了驴肉、火烧，就是火烧、驴肉，鄙陋得很。一群人在酒席饭桌之上，学几句保定话，说几个关于保定人的段子（即便这段子本是说别的地方，然后张冠李戴挪到保定人的头上），甚至把保定歪解成“保腚”，然后肆无忌惮地哈哈大笑，心满意足得很。

然而，出乎意料地，保定人并没有被这些嘲讽激怒，相反，对于这些嘲笑却保持着一丝不屑一顾的淡定，他们也没有像某些地方的人受到委屈后那样群起反击，打一场盛况空前的口水仗，而是照常自顾自地过着简单的日子，大声地说着乡音，大口地嚼着热乎乎的驴肉火烧，自在逍遥。

这种气度，令人十分惊讶。若非有深厚的文化积淀和宠辱不惊的气度见识，又怎么会有这样的胸怀！于是特意找来关于保定的资料，随手一翻，这种讶异得到了进一步的延伸。就在我们今天看来有些破败、有些土气的保定，在历史上却是三皇五帝中尧帝的故乡，燕国、中山国和后燕先后在这里建立国都，传衍文明与繁华，元朝设郡，明朝建府，到了清朝，更成为天下八督之首。以至于如果时光拉回去三百年，就算那在皇城脚下不可一世的八旗子弟们谈到这里，也都会遥遥地抱一抱揖，尊一声“保定府”，语气里充满了尊敬和向往。

## 2

随随便便信手拈来一段保定地区的故事，开篇都要被拉回到两千年前，这种时光的跨度简直让人晕眩。

两千年前的秋天正是战国纷乱、强秦崛起的年代，那个时候，秦国的霸气正由西向东、由南而北势不可当地席卷而来，身处北方的燕国已经早早嗅到了寒冷的味道。肃杀的秋风涌起的时候，易水河畔走来了一行人，他们白衣似雪，神情肃穆，默默无语，只有脚下深秋的落叶被踩得沙沙作响。

易水的水面上倒映出三张面庞，雍容的燕太子丹、俊俏的高渐离和坚毅的荆轲。风一吹过，三张面庞倏尔变成了波纹模糊在了一起，就如同这一行人彼时纠结的心情。

“荆卿……”太子丹似乎想对一旁的荆轲说点儿什么来打破这种沉寂，却被荆轲一手制止住了，转而对他最好的朋友高渐离道：“你的宝贝带来了吗？再奏一曲吧，或许以后就听不到那么美妙的声音了……”

高渐离从肃穆的表情里挤出一丝笑容，接过随从递过来的筑。他是有名的击筑高手，是全天下公认最好的乐师，无论什么场合的演奏，无论面对任何人，他都能做到心如止水，而在今天的易水河畔，他的手却有些颤抖了。他眼前的这个男人——他最好的朋友和知音，他们一起在市井大啖狗肉、大碗喝酒，舞剑高歌、肝胆相照，而今天一别之后则恐成永诀了。

旋律从筑弦上流出，这是一首没有乐谱的曲子，萧瑟的秋风、曼舞的落叶、寒彻的流水、悲怆的前途，这些都成了音符，直叩人心。荆轲闭上眼静静地听着，作为一个侠客，他清楚得很，他的武器并不是刀，亦不是剑，而是自己的生命。一个侠客一生或许只有一次闪光，而那也正是自己生命之辉的结束，就像自己这次要执行的刺秦的任务，无论成功还是失败，自己的结局都将是一样的。

旋律还在流淌，热血已经沸腾，大丈夫存于世间当顶天立地，必须要有一番轰轰烈烈的作为。荆轲仰头击节而歌，“风萧萧兮易水寒，壮士一去兮不复还”，就这样短短的两句歌词，却好似千钧重石，从此牢牢地立在了中国的历史长河之中，在两千多年的激流冲刷中岿然不动。燕太子丹也放下了昔日的身段，抽出腰间的宝剑，随歌忘情地为荆轲而舞，随来的宾士们皆含泪而和。燕赵多义士，慷慨悲秋风，我们已经很难从史料中找到那一天那一刻的具体时间，但中国历史上这一幕慷慨离别、悲歌霄云的情景已烙刻成一部史诗留在人们心底。

荆轲最后的结局大家都已经很清楚了，以失败身亡而告终，燕国随之被灭，燕太子丹被杀，据说高渐离隐姓埋名几年后，凭着他的音乐才能得到了靠近秦始皇的机会，实施了第二次刺杀，不过依然以失败而终。中国文化历来讲究胜者王侯败者寇，失败者往往过不了多少年就被遗忘在茫茫岁月之中。但有两个失败者却是例外，世代被人传颂，一个是霸王项羽，另一个就是义士荆轲。后人在易县西南的山上建了一座荆轲塔，在岁月的更迭和战乱动荡中屡毁屡修，一直不曾让它消失，就是为了记住这位轻生死、重名义的燕赵侠士。

## 3

荆轲、高渐离和燕太子丹用生命的代价也没有推翻的强秦到了“官二代”的时候，随着霸王项羽在咸阳城放的一把火灰飞烟灭了。然而，项羽最终也没有玩转机谋深远的刘邦，于是，江山落到了刘氏家族手中。刘邦一登上皇帝宝座，第一件事就是大封诸侯，统一品牌，连锁经营。

当年被封到保定一带的中山王刘胜是汉景帝的儿子，是大名鼎鼎的汉武帝刘彻的哥哥。由于他不是皇后所生，所以注定这辈子无缘沾染皇位，在他十二岁那年就被他老子打发到了易水之南、滹沱河之北的这一亩三分地做了诸侯王。汉朝的诸侯国，有独立的行政权和司法权，可以自己任命官员，刘邦当年大封同姓王的本意是想靠这些亲戚帮助治理天下，保护中央，谁承想到了文、景二帝的时候变成了尾大不掉之势，反而成了朝廷的定时炸弹。刘胜也算是生不逢时，就在他被封为中山王的那一年，南方的吴王刘濞联手六个诸侯王发动了“七国之乱”，但是很快就被中央镇压了下去，由此一来，从皇帝到大臣，更认清了诸侯国的危害，坚定了削藩的决心，一时间，一系列的言论和政策都让诸侯王们十分难过。

刘胜是个很聪明的人，很有心计，甚至说他滑头也不为过。有一年，他和其他几个诸侯王去国都朝见汉武帝，皇帝摆下了酒宴招待这些亲戚，按照礼仪，吃饭的时候是要有歌有舞给大家助兴的。其他的诸侯王就在那里唯唯诺诺地吃喝，但这位中山王刘胜从乐声一起就开始在那里哭，悲悲切切。汉武帝忙问他原因，刘胜就说了一大套话，后来有人给起了个名字叫“闻乐对”，也有直白点儿的就叫“中山靖王刘胜谏汉武帝书”，主题就是大打感情牌，劝自己的弟弟不要再打压我们这些诸侯王了，我们的日子已经很诚惶诚恐了，大家都是亲戚，本是同根生，相煎何太急啊。刘胜这一番逢场作戏的哭诉把一代雄主汉武帝也给打动了，立即增加诸侯待遇，并且把一切和打压诸侯国有关的奏折全部退回。

能把汉武帝轻松“搞定”，让刘胜一时间美名远播，被誉为“汉之英藩”，而让他在后世更加名声大噪的是他的豪华陵墓。刘胜在中山王这个位子上坐了四十二年，从活着的时候就开始给自己修陵，在满城这个地方掘山为墓，直到1968年，这座完好无损的石窟宫殿被发现，震惊了整个考古界。从里面出土了三十三个大酒缸和一批精美的酒器，折算起来能装酒一万多斤，可见刘胜的海量。而错金博山炉、蟠龙纹铜壶和长信宫灯更是国宝级的文物。最令人惊喜的是金缕玉衣的出土，这是汉朝独有的贵族墓葬风格，因为那个时候的人们笃信，穿玉衣入殓可以将灵魂留住，可以万古不朽，但很有讽刺意味的是，在两千年后刘胜与我们“会面”时，他的尸骨早已化成一堆腐土，而裹着他一身皮囊的玉衣却还剔透晶莹，完好无损。

不过，从刘胜和他的王后窦绾身上的这两件金缕玉衣也足以看出他的厉害。在汉朝，穿玉衣下葬是有着严格的等级规制的，金缕玉衣只有帝王才可以穿，诸侯王只能穿银缕玉衣入葬，一般的贵族官宦则是铜缕玉衣，如果越级，不仅要陈尸于外，而且整个家族都要受到牵连。而刘胜夫妇能够双双着金缕玉衣下葬，要么是他想当皇帝想疯了，做出这种死了也要过把瘾的疯狂举动；要么就是受到了皇帝特许的宠幸，恩准他可以享受帝王待遇。从刘胜的性格和他一生的轨迹来讲，毫无疑问应该是后者。

## 4

中山靖王刘胜的公关能力和社交能力非常出众，却也有几分“难得糊涂”似的韬光养晦。上文说过，从满城汉墓中出土最多的就要算酒器了，甚至有整坛整坛的美酒陪着这位中山王入了冥间。从表面上看，这不过是一位平庸的贪杯爱盏的酒中王爷。同时，酒色不分家，另一个例证是这位王爷光儿子就生了一百二十多个！这个数字让我们瞠目结舌，恐怕令很多帝王也都自愧不如。

乐酒好内，这恐怕就是世人对于刘胜的评价了，就连他的同母兄长赵王刘彭祖也忍不住呵斥自己的亲弟：“中山王但奢淫，不佐天子拊循百姓，何以称为藩臣”。但是且慢盖棺定论，我们再仔细看一看，刘胜在位四十二年，活到了五十三岁，在平均年龄只有二十五岁的汉朝，如果这位中山王真的沉迷于酒色之中，他能活到这个岁数真算得上是一个不大不小的奇迹了。其实，这不过是这位很会耍心眼儿的中山王掩人耳目、欺世自保的一个招数。刘胜生活的那个年代，正是危机暗涌、诸侯倾轧的黑暗时期，他目睹了“七国之乱”的惨状，也亲身感受到了朝廷和皇帝对诸侯们的忌惮和炎凉，在这种情况下，明哲保身恐怕是第一要考虑的问题。究竟是励精图治、秣马厉兵，还是纸醉金迷、庸庸碌碌，到底哪一种才是一个“好”的诸侯王？在百姓的眼中和在皇帝的眼中，标准是截然不同的。

说了这么多，并无意要给刘胜“翻案”，只是感慨史料与传说中近乎膏粱纨绔的形象里恐怕包含了太多令刘胜无以言辩的苦衷。或许还可以从另一个发现来例证一下，在满城汉墓中，除了那些酒器之外，出土最多的便是兵器了，其中不乏当时属于“高、精、尖”的铁制兵器以及最新、最强大的西汉铁甲，这就让我们不由得先抛开刘胜怀中的酒盏与美人，去审视他的另一面。刘胜在王位上坐了四十二年，而这四十多年正是汉朝和匈奴矛盾异常尖锐的时期，汉武帝采取了强硬的外交和军事策略，两国战火不断。而中山国弹丸之地却是抗击匈奴的最前线，这一点，刘胜做得非常出色，这也是汉武帝对于这个兄长特别恩宠、特别给他面子的重要原因。由此可见，刘胜的行为看似荒唐，但他的心里有杆秤，知道哪头重、哪头轻，怎么做惹祸、怎么做避祸，说他大智若愚未免高抬，不过说他是个难得糊涂的王爷并不为过。

刘胜这个中山王闲下来最大的乐事，恐怕莫过于和王后、嫔妃们坐在一起看着自己的儿孙绕膝了，然后指指点点地猜测着哪一个能文治天下，哪一个能武安家邦，关起门来说些非分之想，或许还会猜猜哪一个更有出息，将来有一天有可能染指皇权一统天下。只可惜他虽然儿孙众多，却是一代不如一代，一个稍微有点儿出息的都没有，让他这张老脸实在面上无光，直到十几代之后那位枭雄的腾空出世，这种难堪的局面才总算结束了。

## 5

这位枭雄在民间众所周知——刘备，刘玄德。

从刘备往上追溯到中山靖王刘胜，中间相距了三百余年，十几代人。第一代中山王刘胜的儿子有不少被封为了列侯，但是由于俱是些个草包庸才，渐渐地也就衰败了。有几位还因为中途获罪而被削去了爵位，其中就有刘备的先祖刘贞。刘贞在失爵之后带领着自己的这一支家眷迁到了涿县定居，也就是今天保定管辖之内的涿州。他尚且还算得上是个落魄的贵族，但是一代一代传下来，他的后代们便在衰草蓬窗中逐步没落了。刘备的祖父刘雄还做过一县的县令，到他父亲那里就成了平头百姓，而到刘备这一辈则沦落成了卖鞋为生的小贩。

刘备在二十八岁的时候结识了涿州开猪肉铺的土财主张飞和在山西老家杀了人亡命天涯的关羽，哥儿仨在桃园结义，开始创业。刘备做了老大，按说论实力，张飞算个中产阶级，拥有自己的庄园，在当地也算得上是个名流，而刘备只是个小商贩；论岁数，从史籍资料上可以分析出，关羽还要比刘备大上一岁；而要论武艺，这哥儿仨里谁排第一不好说，但排最后的肯定是刘备。那为什么还是刘备成了大哥呢？这全亏了他的身世背景。《三国演义》中刘备无论走到哪儿见到谁，第一句自我介绍都是“备乃汉室宗亲，中山靖王之后，汉景皇帝阁下玄孙”，这一张名片非常好使，再落魄，人家也算是皇室一脉，连当朝皇帝按辈分都要尊一声“皇叔”，这一下子让刘备低微的身份尊贵起来了。在中国人的思维中，特别推崇正统之说、名门之后，在现在的社会不也到处遇到挂着某某名人的多少代子孙头衔的人吗？

刘备后来由于剿黄巾军有功，被封为安喜县的县尉。安喜县就属于现在保定管辖下的定州一带，离当年他的先祖中山靖王刘胜的治所近在咫尺。守着祖上的土地，刘备的这个县尉据说做得很是不错，但可惜好日子没过多久，朝廷就派来督邮准备撤了他的职。《三国演义》里说张飞一怒之下鞭打了督邮，实际上打人的是刘备，这在正史中是有记载的，不仅打了，而且还要杀掉，多亏众人相劝才饶过督邮的命，自己挂印而去。

刘备从此就开始了颠沛流离的政治逃亡生涯。实际上，刘备和他的先祖中山靖王刘胜在性格上是十分相像的，有着很深的城府，小说里形容他是“喜怒不形于色”，懂得明哲保身的道理，知道什么时候该忍，什么时候该装，什么时候该狠。四处奔波，过着寄人篱下的日子，刘备能忍。“青梅煮酒”被曹操识破英雄之志，惊掉了筷子，却说是被打雷吓的，刘备能装。在白门楼，一句话就要了曾经在危难中帮助过自己的吕布的脑袋，刘备该下狠心的时候绝不含糊。这一切奠定了他由弱积强，最终成为一代枭雄的基础。

不管怎么样，刘备最终还是三分了天下，占据川蜀做了一方的天子。他的先祖中山靖王刘胜若是泉下有知，应会感到一丝欣慰吧：自己的后人之中总算出了个有出息的人物，虽然时间隔得长了一些，空间也离得远了一些。不过想象着在遥远的天府之国，这样一位君主操着一口浓厚的保定乡音发号施令，确实是一件让人忍俊不禁的事情。

## 6

保定府真正成为一座繁华的重镇是在明清的时候，如果再往上溯源，应该是在元朝之后。蒙古人自草原而下风卷残云征服天下的初期，保定地区由于地理位置的原因，正处在蒙古人、金人和南宋朝廷纷争的纠结地区，饱受战火的蹂躏，满目疮痍，几乎成了一座废墟，直到蒙古统治者建立了元朝定鼎天下。

对于汉民族而言，元朝的统治恐怕是中国历史上最黑暗的时期之一。蒙古人彪悍而强大的武装征服力与他们对于华夏民族传统文明秩序的鄙夷和低执行力，形成了一个巨大的反比例黑洞。蒙古统治者看不起被他们征服的汉人，而对于这些被征服者的文明更是不屑一顾。从忽必烈起，就几乎废弃了科举制度，在他看来，这只是那些百无一用的书生虚头巴脑、自欺欺人的把戏。有元一朝对汉人尤其是南方的汉人极不信任，几乎很少任用他们为官，参与治理国家的要务，直接的后果就是导致这一时期元曲的高度发达，因为这个朝代的文人们都去写剧本了。

这也是为什么强大的蒙古帝国可以席卷欧亚几千平方公里的土地，但是在中国的统治仅仅维持了八十余年的原因。游牧民族式的统治思维始终徘徊在中国传统文明的大门之外，但是对于文明传承与建设造成的伤害有时却是无法弥补的。

相对而言，保定还是幸运的。那个时候，镇守保定的元朝将领叫张柔。张柔是个汉人，但是后来能以一个汉人的身份被加封为元朝的汝南王，可见这个人是非常厉害的。张柔出身于农家，由于乱世，后来投身行伍开始打仗，按说是一个粗人，又先后在金和蒙古的统治下为官，但是他对文化与文明的敬重却时刻流淌在他的血液里。他每次攻下一座城，并不像那些蒙古军官似的肆意屠城掠夺，而是首先到当地的史录馆将历史资料和图书收集保护起来。张柔懂得，这些在他的蒙古同行眼中无足轻重得或许一把火就能烧掉的一张张纸，在历史过往的进程中却有着沉甸甸的分量。最为难得的是，作为元军的将领，张柔非常尊重读书人，每次抓到的俘虏里有文人，都能做到以礼相待，甚至亲自解除绳索，奉为上宾，聘为西席来教育自己的子弟。

所以说，保定的幸运正在于此。张柔进驻保定，没有进行野蛮的统治，而是实施了一系列建设性的措施，让今天的史学家们也禁不住眼前一亮，击节叫好。《元史》中这样记载了张柔的作为："柔为之画市井，定民居，置官廨，引泉入城，疏通沟渠以泻卑湿，通商惠工，遂致殷富；迁庙学于城东南，增其旧制……"老实说，很难想象，这一套妥帖的方案竟会出自一位戎马半生的武将之手。在这些措施按部就班地完成之后，几年之间，这座荒芜破败之城竟一跃成了燕南第一大都会，而这种繁华一直延续到了八百年后的今天。

一个保定的朋友对我说过："保定人可以不记得忽必烈，但不可以不记得张柔，因为他是保定府真正的奠基人。"

这话说得很实在，一点儿也不为过。

## 7

在保定的市中心，有一座古莲花池，那便是当年张柔的府邸，当时的名字叫作"雪香园"。园内池深水澈，遍植荷花，小桥流水，楼阁倒影，很难想象在北国之地也会有这样一座精致的园林。张柔喜欢邀请各地的文人雅士到园子里聚会，谈谈诗词文章、下下棋，尽管他本人并不精通此道，却每每乐此不疲。很多饱学之士都成了张柔的朋友，就连写出"问世间、情为何物，直教生死相许"的大才子元好问也是雪香园里的座上常客。元好问在六十岁那年，还特意故地重游，写了一篇《顺天府营建记》，将自己老朋友的伟绩流芳天下。

雪香园后来毁于一场大火，只留下一池春水、满塘红莲。到了明朝，经过当地知府的重修焕然一新，以池为鉴，便起了个新名字叫"水鉴公署"，依然是最受王公显贵、文人墨客们欢迎的场所。后来到了清朝雍正年间，李卫到保定做了直隶总督。李卫这个人和张柔很像，行伍出身，大字不识几个，但是对读书人很尊敬，对文化上的事情很热心。当时雍正皇帝要求各省都要办官办书院，李卫对此响应得非常积极，选址选来选去最后就定在了古莲花池，取名为"莲池书院"。

这一座直隶地区的最高学府吸引了众多的饱学之士，尤其到了清朝末年，诸如贵阳黄彭年、武昌张裕钊、桐城吴汝纶这样的大师纷纷不远千里跋涉而来，立院讲学。一时间名流荟萃，才俊聚集，我国封建历史上的末代状元刘春霖便是在这里攻读十余载，一朝成名而走向天下的。毛泽东在参观完古莲花池之后，也情不自禁地称赞这是“清末全国书院之冠”。

走在今天的古莲花池，一畔是池台水榭，假山花木，堪比苏、扬二州的精致园林；一畔是西洋风格的古朴二层小楼，这是建于光绪年间的重点工程——直隶图书馆。一边是花草芬芳，一边是书卷浓浓；一边是传统中国的审美元素，一边是西风渐进的全新空气，都在这一片荷塘之上郁结不散。难怪明朝人要把这里叫作“水鉴”，果然，以水为镜，以史为镜，这一池荷叶之下藏着数不清的历史余韵。

## 8

出了古莲花池，斜对面就是直隶总督署。这样地理位置的安排，则让人又多了一层值得玩味的思考。学而优则仕，这是几千年来中国人天经地义的传统思维。当年，很多人的愿景便是从这扇大门走进对面的那扇大门。这样短短的几步路，有些人用一生也没有走完。

这是目前我国保存最完整的一座清代总督衙门，也是当年直隶总督办公和生活的处所。“直隶”这个旧时的省名我们已久未听闻了，当年直隶的管辖范围除了今天的河北省外，还包括内蒙古、山西、山东、辽宁、河南的部分地区，是天子脚下的重地，而这样一个重要位置的总督自然也是宦海中人眼中的热点。从雍正七年启用这个衙门开始到清朝结束，一百八十多年里，共产生了九十九任直隶总督。在这些升堂办公的身影中，不乏曾国藩、李鸿章、袁世凯这样影响着中国历史进程的大人物。他们在这个院落中发生的一幕幕剧情，直接浓缩成为清王朝的历史剪影，所以有人说这里是“一座总督衙署，半部清史写照”，一圈转下来，感觉这种评价并不为过。

总督署门前的这条街是保定最热闹的地段，一千年前是这样，今天依然如此。车水马龙，熙来攘往，商户的喇叭里放着震耳欲聋的音乐招揽生意，路人摩肩接踵在人流中穿梭。这一切初看好似有一些杂乱，但其中又自有一番井然的秩序存在。这种热闹迥异于现代大都市的那种纸醉金迷的繁华，而带着浓浓的生活气息和人情味，好像这才是中国传统书籍记载中的市井繁华。

朴实的保定人便是这样，守着这段悠长的时光，享受着这种平淡而踏实的生活，像一位饱经沧桑的老者，淡定地看着外面的世事变迁，却始终可以心如止水。或许他们的城市还不够炫，他们的腰包还不够鼓，对这一切，他们并不在意，他们也在努力，但不会为了一个虚华的目标而放弃本色。保定人可以潇洒地将省会的荣耀交给邻居小兄弟去打理，可以淡定地对来自别处的讥讽一笑而过，他们只是踏踏实实过自己的日子，或许，一碟酱菜，一个火烧，一段永不过时的老调，一束穿越千年的阳光打在身上，这就是他们的日子，一种简单却实实在在的保定风范。

## 回不去的定州城 //

1

当我们匆匆忙忙赶到定州的时候，定州已经老了。

当年的中山国都，那曾经名蜚四海的繁华大都市，悄无声息地湮灭在一片过往岁月中和故纸堆泛黄的记忆里。

司机师傅把我们拉到一堆被拆得七零八落的废墟之前，若不是一抬头看到面前不远处那直插云霄的宝塔，你很难想象这里就是当年那座著名的北方宝刹开元寺的旧址。在司机的指引下，我们踏过乱石，沿着寺院的旧围墙，深一脚浅一脚地蹒跚穿过破陋的小巷，终于绕了一个圈，来到寺院的山门之外。

开元寺的历史可以远溯到北魏时期，因为一直备受历朝历代皇家的推崇而声名显赫。而今日的古寺却早已淹没在寻常街巷的一边，衰落得很不起眼儿，甚至无法给你一个想象的余地去推测这座寺院当年气势恢宏、香客盈门的盛景。

原来寺院里的其他建筑都已荡然无存，除了这座开元寺塔，至今仍然是全国保存最完好、最高大的砖木古塔。宋朝初年，开元寺的一位法号会能的高僧追仿唐朝的玄奘和尚那样去天竺取经，历经了千难万苦，带着传说中佛祖的舍利子回到定州。这件事很快轰动了全国，那一年是公元 1001 年，当朝的皇帝是宋真宗，他亲自下诏在开元寺内建一座塔来纪念此事。于是全国各地顶级的建筑师、画师、能工巧匠们源源不断地会聚于此，开始了这项烦琐浩大的工程。

岁月交替，高大的台基上竖起了高达八十三米的八角形塔身，光是就砖的规格而言，便有十几种之多。当地有一句民谚叫“砍尽嘉山木，修成定州塔”，虽然夸张，但也可窥一斑。塔身回廊内的壁画、泥塑以及天花板上的雕花砖刻，精美细腻，都代表了当时世界的最高水平。

这座塔一建就用了五十余年的时间！竣工的时候已经是公元 1055 年，当朝的皇帝也已经换成了宋仁宗。当初与这座开元寺塔关系最密切的两个人——会能和尚和真宗皇帝都已作古，不知道没能亲眼看到这样一座雄伟的宝塔立在面前，算不算是这两个人临终前的一件憾事。

## 2

就这样，中国的北方终于立起了一座标志性的建筑，而且一立就是一千年。

这一千年来，任由雨雪雷电、战乱炮火，还有十几次大大小小的地震，都不曾让这座定州塔倒掉。即便是它周围的建筑，即便是这整座城市，都物转星移变了容颜，它仍然倔强地岿立着。据说在光绪年间，塔身的东北面自上而下大面积塌落，几乎损坏了四分之一，但这座塔依然没有垮掉。或许那一颗来自佛祖的舍利真的在冥冥之中保佑着它吧。

由于有了这座定州塔，开元寺一度香火鼎盛，名士流连。今天我们入塔登临，在看到北宋时期依稀尚存的壁画之余，还能读到历朝历代文人名士们登塔时即兴题在墙壁上的诗词章句。每首诗，都是一幅生动的画面，让我们隔世相会，携手神游。不过由于年代的久远，再加上保护措施的不力，很多题诗的壁上都蒙上了一层厚厚的灰尘，字迹也已模糊不清，或许过不了几年，这些题字都将逐渐消失，然而我相信，这种醇厚的历史韵味会深深地嵌入在这塔壁之内，依旧保存在这座塔身之中久久不会散去。

开元寺塔有十一层，砖质的塔阶高陡而狭窄，仅能容一人上下，而阶梯的顶端又很低仄，稍不留意就会碰头。登这样的塔是颇为辛苦又颇为有趣的事，不管你是不是真的心怀虔诚，都得低头哈腰、手脚并用、平心静气、小心翼翼。从每层廊窗望出去，风景似乎是相同的，却恰恰是在变化中大不相同的。中国人最讲究天人合一，而每登临一层，就离天道更近了一步，就更多了一分对于生命过往和人生真谛的认知。等登到最后一层的时候，便真能体会到前人诗中描写的“每上穹然绝顶处，几疑身到碧虚中”了。

从“穹然绝顶处”望开去，视野辽阔，山野纵横尽入眼底。也正因如此，在宋辽对峙的年代，在正处于两国边境的定州，这座高耸的开元寺塔还被作为了重要的军事设施，用来观察北方契丹人的一举一动。一有风吹草动，这里便可以发出信号，让全城的军民充分地准备起来。所以这座塔又被称为瞭敌塔，这恐怕也是全国为数不多的除了宗教作用之外，还有其他用途的古塔。除了给予这座城市的居民精神上的抚慰，还切切实实地守护着一方平安。

## 3

正如前文所讲过的，北宋时期的定州与辽国所辖的领土相邻，经常发生战事，是北方的边防要地，有“天下要冲之最”之称。在这样一座军事重镇，时时刻刻充斥着一种紧张的气氛，而苏轼的翩然而至，给这座城市注入了一股浪漫的文艺气息。

苏轼到定州的那一年已经五十八岁了，他在朝中受到排挤，被贬到定州来做军州事。军州事是个管理地方军队的官，因为按照宋朝的规矩，军队的最高领导都是要由文官担任的。苏轼到了之后开始按部就班地行使他的职能：整顿军纪、加强边防、开荒屯田、增修弓箭社……这些都不必累牍，倒是除了军务之外，他做的几件事情颇值得我们玩味。

登塔自然是不必说的，像这种名胜之地必定少不了他的身影，至今他的题字还留在塔壁之上，供后人寻访。其次是酿酒，这也是苏轼的一大爱好，之前在黄州，后来去惠州，他都曾自己酿酒，不过手艺实在很差，把人喝得闹肚子是经常的事。不过这次在定州，或许是找到了好的材料和灵感，将松脂、松子和米麦同酿，竟然成功地酿出了“味甘余之小苦”的中山松醪酒。他还扬扬得意地写了一篇《中山松醪赋》，自夸这酒“叹幽姿之独高，知甘酸之易坏，笑凉州之葡萄，似玉池之生肥，非内府之蒸羔”。说喝了这酒之后的感觉是“跨超峰之奔鹿，接挂壁之飞猱，遂以此而入海，渺翻天之云涛……”至于这酒是不是真的像他描述的那样神乎其神，我看也未必，从某种程度上讲，苏轼倒真的是得到了他的老师欧阳修“醉翁之意不在酒”的真传，更多的是在品味一种怡然自得、苦中作乐的生活情趣。

苏轼在定州的这种生活情趣还体现在一块石头上。苏轼喜欢搜集奇石，到了定州后偶然发现了一块黑质白纹、纹如图画、似雪浪纷飞的怪石，喜欢得不得了，专门买来一个上等的汉白玉雕成的芙蓉盆来放这块石头，取名叫“雪浪石”，还专门置出一间屋子来摆放这块石头，叫作“雪浪斋”，又专门写了一首“揭来城下作飞石，一炮惊落天骄魂”这样雄浑大气的《雪浪石》遍送亲朋好友。

苏轼曾经一度因为诗词的缘故被陷“乌台诗案”，险些丧了性命。他的亲友们都劝他不要再舞文弄墨，远离争端是非。可是苏轼又怎么管得住自己？身为军事长官的他依然放不下他的文人情怀，鼓励当地的士子们发奋求学，匡世济国，敢于和黑暗权势做斗争。他在文庙里亲手栽下两棵槐树，期望这些读书人能够茁壮成长，枝繁叶茂，荫佑一方。

苏轼在定州还做了一件与他的职务毫不相关甚至可以说是特别“不靠谱儿”的事。他观察到当地的农民在插秧劳作和休憩的时候会唱一些山野小调自娱自乐，兴致大发，亲自提炼、整理、改编、创作，演变成了当地的一个特色节目——插秧歌，并且广泛传播。后来他又加入了表演成分，还创作出了历史上第一部秧歌剧，据说是一个恶婆婆和小媳妇的家长里短的故事，首演时似乎还大获成功，轰动一方。

其实满打满算，苏轼在定州待的日子不过八个月而已，但是给定州人留下了千余年津津乐道的谈资。这便是一代宗师的文化品味，这便是中华文明的传承力量。

## 4

我们在文庙里见到了苏轼当年亲手植下的那两棵槐树，据清朝道光年间的《定州志》记载，这两棵树东槐如舞凤，西槐似神龙，所以被世人称为“龙凤双槐”。但是一千年过去了，两棵树的树干早已中空，要靠几根铁架子支撑着，然而尽管如此，据说每年夏天它们还是会枝繁叶茂，绿荫努力地遮盖住小半个院子。这一切突然让人觉得，这两棵槐树也一如这座城市似的，都在倔强地守护着那一段风华绝代的回忆。

和如今大不相同，当年的文庙香火旺盛，读书人纷纷来到这里拜孔圣、祭先贤、求夙愿。定州是个人杰地灵的地方，也出了不少文化领域的大师。汉代创作《佳人曲》的音乐家李延年、唐代写出“人面桃花相映红”的诗人崔护、清代被称为“天下第一循吏”后来做了冯玉祥老师的王瑚都是定州人。那个时候的学子们在这里烧完香，叩过头，随即就赶往贡院参加科举考试，那将是改变他们人生轨迹的最佳也是几乎唯一的途径。

定州贡院离文庙并不远，出了大门，一直走，穿越一条小巷，左拐右拐地用不了十分钟就到了。然而就是这短短的十分钟路途，有的人走了几年，有的人走了十几年，有的人甚至走了一辈子也没有走通。现在有很多人都在抨击中国封建时代的科举制度，认为这是一个泯灭人性的制度，就仿佛是给中国的读书人砌了一座看不见围墙的牢狱，把他们圈在其中，空废光阴，蹉跎终生。但是我们如果能冷静下来客观地分析一下，相比于最初的官位世袭和乡贤推选等办法，“平等竞争，以试取才”的科举制确实是一种更为公平的方法，世界上的有识之士甚至称其为中国的第五大发明。至于被今人所抨击、所诟病的种种不过是这种相对先进的制度在运行中由人为而衍生出的各种弊端，是人的问题，而不能彻底否定这种制度。时至今日，我们每个人不照旧受困于中考、高考、自考、公务员考试和职称考试等各种考场之中吗？不照旧产生了一批又一批专门为应试而生的“考试机器”以及考场上种种腐败舞弊的丑闻吗？

在乾隆朝之前，定州本地是没有贡院的，所有参加乡试的定州生员都要赶到今天的正定去考试，虽然路途并不是太远，但是受当时的交通条件所限，还是非常不方便的。当时的定州知府王大年联合当地的乡绅一起筹款，请示朝廷，创建了这座定州贡院。每到乡试和会试的时候，文武考生们纷至沓来，一派热闹的场景。这里成为怀揣梦想的年轻人（当然也不乏中年甚至老年人）人生奋斗的起点。据统计，只清一朝，定州本地中得文武举人的就有两百二十七人之多，这些人将从这里起步，到京城去追逐他们更高的目标。

## 5

离开定州贡院，我们去登定州的南城门——迎泰门。我一直笃信，任何一座依然有城门和城墙存在的城市都是有故事的城市，哪怕它已然破败不堪。

定州真的老了，就像我们从文庙出来时走进对面那家定窑瓷器店里看到的定瓷一般，属于它的时代已经逝去了。当年那“薄如纸，白如玉，声如磬”名誉天下的定州瓷，就算今天仿得再真，技术上再完善，也已不复当年的绝代风华。

这座城市也是如此。从城门上一眼就可以望到这座城市的标志——定州塔，但远远望去，它却被粉饰得一片惨白（八十年代重修时粉刷过），这让人初看过去难免会顿生一种历史的落差感。文章开头所写的定州塔周边那已被拆除的一片废墟据说是要建成一座现代化的广场，而定州城里也已经建起鳞次栉比的高楼大厦的雏形。这座城市正在着眼于它的未来，而我却在怀念它的过去，或许，这不免有些太自私而不合时宜了吧。

在黄昏夕阳下，我们踏上归程，再回首望一眼这座老城，它曾经是那般的神采飞扬，那般的引人入胜。而转身再把头回将过来的时候，张爱玲小说中那句无奈的台词黯然涌上心头——定州，我们再也回不去了。

## 赵州的一段禅语 //

1

当我把要去赵县的消息告诉给朋友的时候，他们都嗤然而笑，似乎不相信我竟会要去这么一个“破败”的地方。

然而，我的的确确是认真的。

当长途车晃晃悠悠地载着我们行驶在这华北平原之上时，赵县素以闻名的梨花还没有开放。天空是一片雾蒙蒙的灰，天气预报讲——这是沙尘暴的前兆。

我们的目标是安济桥，也就是人们常说的赵州桥。

风尘仆仆、千里迢迢地去看一座桥，此时此刻，我依然觉得值得。

## 2

如今的赵州桥被围成了一座公园，随之挂上了几十元不菲的门票。这颇令人有些失望和不平，回想若干年前，这不过只是赵县人从一个乡去往另一个乡的必经之路而已。

然而，当我步入景区深处，遥遥地望见那熟悉的桥身之时，一切都已不再重要，所有的不快都在那一瞬化作云烟，灰飞而去。

几年前，赵州桥刚刚度过了一千四百岁的生日。光是在脑海中想一想这段悠长的岁月，便禁不住地一阵眩晕。慌忙垂下头稳一稳思绪，一低首，洨河的水面上就倒映出自己的影子。或许，很久以前，洨河的水比现在的更深、更清、更具有活力吧？思索之间，一阵清风徐来，水面上一阵波光粼粼，算是一种回答吗？

## 3

于是，我怯生生地登桥。尽管这桥已在心中走过千遍万遍。

手扶在一千四百年前的石栏上，触摸到的是满掌的沧桑。环望一下四周的风景，这风景称不上美，但此时阳光从灰沉的天空中透射出来，打在身上，是一种幸福的温度。

就是脚下的这座石桥，一千多年来，经历了无数次洪水的冲击和地震的侵袭，却千载如一日，依然岿然不动地立在这里。

曾做过唐朝中书令的张嘉贞写过一篇《安济桥铭》，里面有这样的句子：“赵郡洨河石桥……制造奇特，人不知其所为……”这绝不是什么粉饰或夸张的词语，赵州桥建筑的秘密从唐传到了宋，从宋传到了元，及至明清和现代，依然是世界罕见的奇迹。而对于我们这样的建筑门外汉来讲，除了感叹之外，似乎没有其他的事情可做。

赵州桥的上空传来《小放牛》的歌声，这首河北民歌自然也是再熟悉不过。“赵州桥（来）鲁班爷爷修，玉石栏（的）杆圣人留，张果老骑驴桥上走，柴王爷推车轧了一趟沟……”大概当很多事情无法解释清楚的时候，人们都自然而然地求助于神话和传说。

赵州桥当然不是鲁班修的。张嘉贞的《安济桥铭》中清楚地写道“隋匠李春之迹也”。李春的名字随着这座桥流传了千年，当然，还有那千千万万在赵州桥的建设和修葺中没有留下名字的人们。

我认为，应当在桥的那一端立一座丰碑来纪念这些了不起的人们，尽管他们之中，绝大多数都是无名的英雄。但是，没有名字，不代表没有骄傲；没有名字，不代表不值得我们去记住。

## 4

站在赵州桥上，由及地名，便很自然地想到了“赵州和尚”。

赵州和尚，法号从谂，因为在赵县（古称赵州）修行了四十年，传扬佛法，所以世人又给了他这样的名号。一千年前，这位得道的高僧，每日里布衣芒鞋，往返经过这石桥之上，将他的禅机在天下播撒开来。

有一次，一位云游僧专门找到他问道："我听说赵州有一座石桥非常有名，它到底是做什么用的？"

"度驴度马，"赵州和尚微微笑着，又淡定地补充了一句，"度一切众生。"

那云游僧顿时领悟，飘然而去。

原来，牢牢托住赵州桥千年不毁的，除了精湛的技艺和那些坚硬的石头外，还有这锋芒坚韧的禅机呵。

赵州和尚前半生一直在各地行走，八十岁的时候来到赵县，直到一百二十岁圆寂，一直留在这里，在他的身后立着的，还有一座气度不凡的柏林禅寺。

## 5

"寺藏真际千秋塔，门对赵州万里桥"，还未进得山门，先被这样一副楹联震慑住了，好气魄，大手笔！后来辗转得知，作此联的，正是如今柏林禅寺的住持——中国佛教协会的副会长净慧法师。

柏林禅寺建于东汉末年，细算起来，竟然比赵州桥还要年长三百余岁。

柏林禅寺的名字是元代朝廷所赐，当年赵州和尚做住持的时候，这里还叫作“观音院”。那个时候恐怕是这座寺庙最兴盛的一个时期，每日来这里参禅拜佛的人络绎不绝。

那天，赵州和尚的一个朋友来看望他，两个人寒暄了一番后，那个朋友很抱歉地说：“真不好意思，这次来得实在匆忙，也没有给你带什么礼物。”赵州和尚“哦”了一声说：“你放下吧。”那位朋友以为他听错了，忙把手摊开说：“我什么东西都没带来，还能放下什么呢？”赵州和尚又“哦”了一声，微微笑道：“你看，你既然什么东西都没带来，怎么还会有放不下的呢？如果实在有放不下的，那就继续担着吧……”

这段禅语每在心头掠过一遍，便如春雨滋润一番。现实生活中，有太多无形中的东西把我们压得直不起腰来。

在如今众多寺庙有寺无僧、有寺无禅、有寺无佛的大环境下，柏林禅寺依然保持着一颗“拿得起，放得下”的禅心。这里不收取门票，任何人都可以进庙结缘，只要是有心求佛之人都可以在这里挂单修行，只收取很低廉的住宿费用而已，并且来时可来，去时便去，绝不阻拦，彰显出一股从容大气的风度。

在我看来，这才是一座真正的寺庙，一座活着的寺庙。

## 6

步出柏林禅寺已近黄昏，寺前的大街上熙来攘往，忙碌而平静。据说赵县是河北省治安最好的地方，不知道是不是和这里的每个人心中都有这么一座寺庙有关。

预报中的沙尘暴终究没有出现，相反，赵州的午后，阳光温暖，春风和煦。脑海中想起了宋代无门慧开禅师的禅歌“春有百花秋有月，夏有凉风冬有雪；若无闲事挂心头，便是人间好时节……”一曲禅歌未了，车子已经过了有“华夏第一塔”之称的陀罗尼经幢，驶出赵州，渐行渐远。

## 三晋大地今非昨 //

### 1

一千五百年前的武周山麓，残阳如血。

漠北的寒风夹杂着沙尘扑面而来，打在人的脸上噼啪作响。一队匠人站在山壁之下，手里握着斧、凿和绳子之类的工具，仰望着断崖。只见眼前高约百尺的山仞上排列着一串高大宏丽的洞窟，粗糙的窟壁上布满了精美富丽的花草、佛像以及飞天的雕饰，荒野之上，这样一座犹如神助的石窟群，美轮美奂，让人叹为观止。

站在这些人最前面的是一位枯瘦的老僧，他的法名叫作昙曜，单凭他的年纪与身形来看，实在很难和眼前这种开山凿石的活计联系起来，然而他的确是这项工程的总设计师和亲力亲为的执行者。

昙曜对我们来讲是一个很神秘的和尚，因为到目前为止，没有一本史料明确记载过他的姓氏、身世和生卒年月，我们只知道他在很小的时候就出家了，并且禅悟非常高。他本可以像其他僧人那样找个寺院过那种当一天和尚撞一天钟的生活，修行完自己的一生，然而他那一颗游走四方、普度众生的心让他无法去过这种平静的生活。

他开始了自己的云游生涯。昙曜的那个时代流行全民造窟，佛教徒们开凿石窟雕塑佛像，用来传授教义，普及佛教故事；百姓和信徒们也参与到开窟中来，来表达自己的信仰和愿景。在昙曜开始云游的整整一百年前，他的同行乐樽和尚已经在敦煌三危山开始开凿自己的第一个洞窟。昙曜特意去了一趟敦煌，目睹了莫高窟的盛况，从西凉一路下来，又经过了酒泉的文殊山石窟、张掖的马蹄寺石窟、天水的麦积山石窟，一路上看得他心潮澎湃，耳畔仿佛一直在回响着叮叮当当的铿锵。

昙曜终于来到了大同（当时还叫作平城）的武周山下，他环视了一下四周的环境，觉得是时候该停下了，他要做一件与他的前辈乐樽和尚遥相呼应的事。他找到了当地的统治者，得到了许可，招募来工匠和僧侣，开始在武周山的东麓开凿石窟。昙曜凿下了这云冈石窟的第一锤，他也许还没意识到，他这狠狠的一锤，火星四溅，砸出了中国佛教艺术史上的第一个巅峰时代。

大同之西就这样响起了叮叮当当的回响，人们急迫地打造着宗教的圣殿和臆想中的西方极乐世界，而同时，在现实世界中，也响起了铿锵的鼓点，风云变幻中迎来了一个同样火光四射的盛大时代。

## 2

这应该算得上是一个标准的乱世。

在昙曜出生前的一百多年，发生了永嘉之乱，西晋灭亡。与此同时，中国的北方开始陷入了长达百年的分裂混战之中，历史上称“五胡十六国”。我们所熟悉的匈奴、鲜卑，我们不熟悉的羯、氐、羌都纷纷建立了政权，一刹那朝代更迭，短时间内先后出现了十多个国家。

说来很是讽刺，就在西晋未亡国之前，西晋的官员们还曾提出过“徙戎”的主张，要用武力把已经内迁的少数民族赶回到更北的地方去。结果“戎”未徙走，自己却先失落了政权，跑到长江以南去了。黄河流域一下子成了北方这些少数民族的舞台，乱哄哄你方唱罢我登场，一番锣鼓之后，留下的主角只有一个，那就是鲜卑族的拓跋氏。

十六国中后期，兵士疲于战争，百姓生灵涂炭，北方处于一片水深火热之中。混乱的局面需要一个强者来结束，更迭的政权需要一个王朝来统一。这时候，拓跋氏从千里之外冰天雪地的东北一路走来，挺身而出来完成这个使命。

早在公元 395 年，拓跋氏集团就开始在各方割据的混战中占得优势，控制了黄河以北的大部分地区。三年之后，拓跋部的首领拓跋珪带领着手下高调入主大同城（当时叫平城），他们来大同是要做一件大事——拓跋珪宣布自己登基做皇帝！他就是北魏政权的第一位皇帝——道武帝。

大同被立为了国都，这在这座城市的历史上是第一次。大同的位置很值得玩味，它恰恰位于漠北通向中原的枢纽，这也对应了北魏历代皇帝的一种思想——民族融合，鲜卑汉化。在拓跋珪大同称帝之后，几代皇帝都在做着相同的两件事情：一件是继续征战，平定各方；另一件就是加速汉化，巩固政权。

第一件事情在四十年后经过几代帝王的努力实现了，北魏灭大夏，逐吐谷浑，马踏漠北，击败了当时最大的敌对势力柔然，统一了北方。就是在这种太平盛世下，孝文帝拓跋宏在大同平安降生了，而他的降生，将加速整个中国历史的进程。

之前的北魏统治者虽然也在推行鲜卑和汉族的融合，但只能说是一种表面文章或者说是被动性的融合，他们把更多的精力放到了四方征战上。现在好了，天下太平了，军事上的负担卸掉了一半，摆在孝文帝案头的就是如何进行政治改革的问题了。

二十四岁的孝文帝雄姿英发，犹如一匹摆脱了束缚的骏马，大刀阔斧、一马平川不要地开始了他的革新。我们来摘几条他的改革措施：

无论你是官员还是百姓，禁穿胡服，一律易为汉族服装。

不许再用鲜卑语交谈，一律用汉语，不管你是年轻人还是老人。

同族不再允许通婚，鼓励与汉族人婚配。

不准再用鲜卑族的名姓，一律改为汉姓。

以上四条仅仅是孝文帝改革中的冰山一角，这种颠覆性的革新不仅令当时的鲜卑人，就是今天的我们也会瞠目结舌。做出这个决定，是需要多么长远的眼光，需要多么宏大的统筹，需要多么强悍的勇气啊！但是年轻的拓跋宏做到了，他抵挡着几乎所有人的反抗，穿汉服，说汉语，纳汉族的嫔妃，把自己的姓氏改为汉族的元姓。

我叫元宏啦！这个在族人眼中已经完全数典忘祖的皇帝昭告着天下，继而长袖一挥，宣布了下一条令鲜卑贵族们更加崩溃的命令：我要南下，迁都洛阳！这意味着，鲜卑人离自己发迹的故土将越来越远。而对于孝文帝来讲，他要的就是更加深入地融进中原文化，而最简单的方式就是把自己的国都放在中原腹地。

大同已经完成了它的历史使命，应该完美地全身而退了。那个在大同西郊叮叮当当开凿石窟的昙曜和尚早已作古，不过他的事业还在延续着。不仅在这里延续，还会跟随着孝文帝的步伐一路南下，这种叮叮当当的声音也即将在洛阳的南郊响起，龙门石窟即将腾空出世。

北魏的统治在洛阳达到了兴盛，杨炫之的《洛阳伽蓝记》里有充分的描写。如果说昙曜和尚是在山川大地上开凿了一座宏大的石窟，那么孝文帝拓跋宏就是在历史的道路上建起了一座宏伟泰山。尽管在孝文帝之后，由于内部的倾轧和腐化的生活，北魏政权很快就衰落了，但是他给后来人、给隋唐盛世奠定了坚实的基础，尤其是民族融合，使一段时间内没有人再因为种族的问题发生大规模的战争，因为在这一片广袤的土地上，已经没有多少人敢声称自己是绝对的鲜卑人或者汉人。多年以后，那个驰骋华夏、达到“贞观之治”的明主李世民，他的身上就流淌着四分之三的鲜卑族的血，这，也算是一个诠释吧。

## 3

谈到李世民，就谈到大唐了。

几乎每个中国人都有一段“盛唐情结”。长相思，在长安。长相思，摧心肝。对于这座故都有着一种莫名其妙的顶礼膜拜的悸动。从地图上看，从北京去长安，要斜穿过山西境内，巧得很，从历史的道路上看，要想到达长安盛世，三晋大地也是必经之路。

这不是一句戏言，我们先回到唐朝的前一个朝代大隋帝国。有史学家研究说隋朝的末代皇帝杨广和唐朝的开国皇帝李渊是姨表兄弟，我们大可对这样的八卦研究不置可否，即便是真的，又能如何，那隋炀帝不正是舔着自己亲兄弟的血登上的皇位吗，更何况什么表兄弟。不过话说回来，杨广倒还真的对李渊充满了信任。隋朝末年，各地的农民起义纷纷揭竿而起，杨广派唐国公李渊去太原做留守，任务就是镇压那里的起义，而自己却跑到江都去享受了。

历史给了李渊一个机会。

作为隋朝的唐国公，皇帝表哥又把家门口剿匪的重任交给了自己，李渊刚开始的时候还是尽心尽力、兢兢业业的，在山西一带还是很吃得开。但是随着时局的变迁，起义的部队越来越多，按下了葫芦起了瓢，李渊渐渐有些吃不消了，而看到那位隋炀帝杨广还是继续优哉游哉地在南方赏花饮酒，寻欢作乐，他感受到隋朝的气数大概是快尽了，拥有兵权的李渊这时候暗暗有了想法。

我们都知道，李渊是个有贼心没贼胆的人，多亏他还有个英气的儿子李世民。就在李渊只是有心动还没敢行动的时候，李世民早已出手了。他先是释放了反贼刘文静，又让刘文静四处招兵买马，接着他又说服了犹豫的父亲召回了正在前方剿贼的两个兄弟，然后联合北方的突厥一起倒戈攻打长安。从山西到陕西的路走起来很顺利，不到几个月就把首都攻陷了。没多久从江都传来了杨广被宇文化及所杀的消息，这一年夏天，李渊正式即位称帝，建立大唐，他就是唐高祖。

李渊从山西走向了皇位，但他的祖籍是河北赵县，说山西出了大唐的皇帝恐怕难以令人信服，不过若干年后，山西真的出了一位强悍的帝王，而且这位帝王堪称得上前无古人后无来者，她就是中国历史上唯一一位女皇帝——武则天。她是地地道道的太原人，而忠心赤胆辅佐她的一代名相狄仁杰，也是她的太原老乡。

4

山西堪称古建筑的天堂。到今天，在三晋大地上散落着无数让世人叹为观止的古建筑，一如遗落在原野的珍珠：代县的鼓楼、应县的木塔、恒山的悬空寺、解州的关帝庙以及太原郊区的晋祠……

朋友笑言实在是山西太过贫穷了，还没来得及拆去搞现代化建设，所以幸存了下来。这话实在是有些对山西的大不敬了，殊不知只需把时光溯流三百年，当时的全国首富之区，不是江浙，也不是湖广，而恰恰就是我们不曾青眼相待的山西。而当时全国牵一发而动全身的金融中心，现在就算任由你想破头皮也不会想到，竟然就是平遥、祁县、太谷这几座山西小小的县城。

走在今天的平遥，夯土筑就的城墙还在，但昔日这一圈城墙所围住的气场早已风流云散。南大街上的日升昌和蔚泰厚票号门前依旧车水马龙，熙来攘往，但心境却与往时大相径庭。遥想当年的马蹄嗒嗒由远而近到这门前，牵动着无数人的心。东到北京、天津，北至包头，南至汉口，都把目光紧紧地投向这几座晋中的小镇。票号在中国最繁荣的时期，全国共有五十一家，而山西竟占了四十三家，在山西的四十三家票号中，平遥又足足占据了一半。平遥的八大票号将当时的中国金融界舞得风生水起，也造就了一代晋商耀眼的辉煌。

提到晋商，便不得不提走西口，这一首让我们听到心碎的旧情歌，在凄婉的男女爱情背后，背负着更多的是对世道的无奈。山西人为什么要走西口？恕我直言，溯其根源还是一个“穷”字。明清时期的山西，人多地稀，并且贫瘠不堪，这在万历年间的《汾周府志》中有过明文记载。面朝黄土背朝天的农民，在他的土地无法满足基本的生存需求的时候，就只有去想另一条路。想到过用知识改变命运吗？有人认为山西人不重视文化教育，最确凿的证据就是明、清两代，这里竟然没有出过一名状元！这一纪录确实令人惊诧，这还是当初培养出了王维、白居易、柳宗元、温庭筠、白朴这一长串文坛巨擘的土地吗？

在这一尴尬局面的背后依然是贫穷的无奈，相对于天府之国的川蜀、鱼米之乡的江南而言，这片土地上，十年寒窗的成本太过巨大。平遥文庙大成殿前的香火从不曾衰败，但在衣食尚不得温饱的情况下，让一个年轻人为了虚无缥缈的功名愿景而放弃眼前生活中的现实责任，这恐怕并不是一个让人欣慰的选择。

穷则思变，变则通。于是，山西人放下了手中的锄头，抛掉了遥远的功名，开始迈出了关键的一步。在中国传统的故土难离观念的禁锢下，做出这样的决定是需要多么大的决心和勇气。已经无法考证第一个走西口的人的姓名，但紧紧跟在他身后的这一股洪流足以写进中国民间迁徙史的记录。历史总是读来有趣，几百年前的鲜卑人想方设法地从口外涌进山西，涌进中原，而几百年后，成千上万的山西人又步履蹒跚地走向当年鲜卑人的老家。而就在这支风餐露宿、穷困落魄的人群中，走出了日后腰缠万贯、器宇轩昂的晋商们。

从人格魅力上分析晋商成功的原因，首先我觉得是朴实——中国式农民的朴实，还稍微有些倔强。做一件事情，一定要做好而且要做到底。要是论起全国各地人的整体智慧，再恕我说一句不敬的话，不论是以前还是现在，山西恐怕都不会在前十之列。可是相对于其他地方的智慧泛滥而言，山西人能把不算太强大的智慧全部一股劲儿使在一个地方，这便是足以成事的大智慧了。山西人能干、肯干，再加上这一股淳朴的劲头，试问有谁不愿意和他们打交道、做生意、交朋友呢？这一人格上的优势，保证了出门在外的晋商们生存下来，并且开始积累原始的资本。

晋商成功的第二大人格魅力是诚信。这一点毋庸置疑，在当时的商界，口碑最好的无疑就是山西人。诚信不等同于先前说过的朴实，朴实是性格，而诚信则上升到了道德层面。直到当今社会，还有很多处法律无法约束道德的地方，而在法律条款尚不健全的当年，能够做到道德完美几乎更是难上加难。人人都在呼唤诚信，却未必都能够做到，因为诚信不是一朝一夕的事情，它是一个长期的积累以及在特殊的困境洗礼之下还能保持的美德。历史上很多的大人物也未必能够做到这一点，而大多数的晋商却在努力恪守着这一准则。

我们都熟悉的乔家大院，它的第一代创始人乔贵发是当年走西口的典型代表，他在内蒙古包头做土地生意，他先花钱买来各种生产资料分发给当地的农民，并且事先付给他们一定的订金，叫他们来开荒种田，等到秋天收成之后，再付给他们剩余的工钱。这是乔贵发的第一桶金，他由此走上了衣锦还乡的道路。但是有一年，由于粮价大跌，他的生意一夜之间急转直下，几乎血本无归，但他在这种情况下，依然坚持凑了一笔数目不小的钱财付清了当地农民的工钱，而自己则两手空空地走在了回祁县老家的路上。这便是诚信的道德。

同样是乔家的一件事，乔贵发的后人乔全义，他在包头的钱庄生意也做得很大，但是由于店里大掌柜一次决策的重大失误，旦夕之间把字号里的钱几乎赔得分文不剩，不仅如此，还把别的商号存在店里的钱也差不多赔光了。面对这种天崩地裂的乱局，大掌柜的完全可以一走了之，隐姓埋名地过后半辈子，把这一堆烂摊子抛给乔家。但是他并没有这么做，相反，他连夜快马加鞭地奔向祁县，来到乔家大院，向他的东家承担责任，领取责罚。这也是诚信的道德，甚至说是一种堪比日月的道德光辉。这不是一个个例，而是流淌在晋商血液里的群体性人格力量，而这种力量让整整几代山西人热血澎湃。

## 5

在一片繁华盛景之后，晋商们还是衰败了。这自然有不可抵挡的时局因素，但若是当年那群朴实诚信的人们今天开始变得钩心斗角、收受贿赂、变着法儿地不正当竞争，若是当年艰苦创业的乔家大院开始醉心于一块砖头要多么多么的精美，一顿饭要吃出一百二十个碟子的花样，开始享受鸦片带来的幻境，这种败落，如摧城风雨，想不来也难。

从晋北穿行到晋南，我走在历史中的山西，最终又走回到现实中的山西。现在的山西，除了几个大腹便便的煤老板家资巨丰之外，寻常百姓还在过着并不富裕的生活，这应该是山西一方的官员们要认真面对的一个课题。而什么时候能够让晋商当年的道德光辉重现于世，这应该是每一位山西百姓该好好思索的问题。

## 开封秋凉几春秋 //

1

“汴梁自古帝王都，兴废相寻何代无？”站在开封大梁门外，面前是一座厚重的城墙绵延开去。无须任何酝酿，这一股兴亡之感顿时便在胸中油然而生了。这是题在北宋画师张择端《清明上河图》上的一句诗，却也恰如其分地题写在了整个开封城幽幽历史画卷之上。

穿过眼前的这座城门，便要真正地进入开封城——这个曾经被称为魏之大梁、唐之汴州、宋之东京，“汴京富丽天下无”的繁华城池了。《清明上河图》内的风情，《东京梦华录》里的豪奢，文人墨客笔下还依稀泛着墨香的八朝古都，光阴时隔多载，它是否还是当初的模样？如此遥远的记忆碎片，会不会像那些散落了一地的精致的北宋官窑瓷器，熠着夺目的光华，却再也无法拼凑还原为一个完美的作品？

想到这些，向前的脚步又缓了下来，心头亦诚惶诚恐起来。这大概便是唐人宋之问所说的“近乡情更怯，不敢问来人”吧。

开封非吾乡，然而心也戚戚然。

## 2

千年的繁华终究宛若一梦，一朝醒来便风流云散了，今天的开封已然沦落为中州大地上一座普通得不能再普通的小城，几许破败，又几许尘埃。

千百年来，黄河一次又一次气势汹汹地卷裹着泥沙吞没了这座城市。时间，在这里化成厚厚的泥土，封存了一个又一个风华绝代的故都背影。

我和友人用脚步一步一步丈量着开封的土地。似乎只有用这种最原始的方式才能表达我们对这座古城的顶礼膜拜，也才能切切实实地感受到这片土地从脚下传来的那丝丝炙热的温度。

就在此时此刻，在我们脚下三米，是清朝的开封城。在我们脚下五米，是明朝的开封城。在我们脚下六米，是金国的汴京城。在我们脚下八米，是北宋的东京城。在我们脚下十米，是盛唐的汴州城。而最早作为国都的魏国大梁城，则在脚下十二米以下的深处。

“开封城，城摞城，地下埋着几座城”，这是开封的黄口小儿都能歌咏的民谣顺口溜。这地下一米一米又一米的空间，却绵延着几百年几百年又几百年的时光。用如此奢华的三千年文明做一段地基，任如今开封城地面上多么破旧的建筑也会显得光彩照人。

## 3

开封府的繁华在北宋王朝达到了巅峰。在原来通往北宋皇宫的御街原址之上，重新建起了一条宋都御街，两旁均是仿宋的建筑，飞檐楼阁，纤巧秀丽。拥入人流之中，便仿佛进入了张择端的画卷之内，不知今夕何夕了。

我一直在努力寻找着那一座“三层相高，五楼相向，各有飞桥栏槛，明暗相通，珠帘绣额，灯烛晃耀”的建筑。尽管我知道它早已不复存在，即便是重建起来的也再不复当年的味道，但我仍想找到它——这便是传说中的樊楼，北宋汴梁城里最热闹、最宏大的酒楼。

“梁园歌舞足风流，美酒如刀解断愁。忆得少年多乐事，夜灯火上樊楼。”写这首诗的人叫刘子翚，北宋很有学问的一个文人，是后世大理学家朱熹的老师。在宋室南渡之后，刘子翚便隐居福建老家，不再出仕为官，安心做起了学问，至死也没能再回故都一步。他隐居之后写了很多关于汴梁的诗文，而樊楼上那摇曳的星星点点的烛火也就成了他却又可望而不可即的幻影。

樊楼最大的亮点，毫无疑问就是宋徽宗和一代名妓李师师的绯闻了。樊楼离皇宫很近，就在皇宫东华门外，宋徽宗赵佶为了方便神不知鬼不觉地与李师师幽会，特意修了一条皇宫通往樊楼的密道。这一天赵佶来得很是添堵，李师师正在与大词人周邦彦饮酒作乐。一听皇上来了，周邦彦只好慌里慌张躲到了床底下，听着床上这两个人的亲亲昵昵，于是就有了那阕“并刀如水，吴盐胜雪，纤手破新橙”醋味十足的《少年游》。

后来，赵佶从李师师口里听到了这首词，也知道了那天的事，一怒之下，把这个情敌撵出了京城，但后来越琢磨越觉得周邦彦这个人才华横溢，于是又把他千里迢迢召回汴梁做起官来。这件逸闻的真假尚且不论，却能看出宋徽宗赵佶倒是对于宋朝开国皇帝立下的“本朝与士大夫共治天下，不能为难文化人”的祖训颇为遵循。

其实，说到底，赵佶就是当朝最大的一个士大夫，他的人物画、山水画、花鸟画以及他自创的“瘦金体”书法独步天下。只是这个罗曼蒂克式的皇帝，治国实在太过昏庸，被金国连人带物一起掠走北上，最终死在了茫茫东北。说来有趣，宋朝的开国太祖赵匡胤夺取了人家文人皇帝李煜的一片江山，若干年后，自己辛苦打拼下来的国土也被只会写字画画的文人皇帝赵佶所断送，这也算是天道轮回了吧。

## 4

据说，樊楼建得比皇宫还要高，站在樊楼上面，可以眺望整个皇宫内院。不过今天即便站在樊楼之上，也恐怕只是望无所望了。

人祸、天灾，早已把北宋的皇宫变成了一片废墟，今天唯有一座龙亭还高高在上伫立着，但那也只是清朝时重建的了。

北宋的往事转眼成烟，但那些灿若星河的名字依然铭刻在这方天空之下。范仲淹、欧阳修、包拯、寇准、司马光、王安石、苏东坡、陈师道……刚才讲过，北宋从开国皇帝赵匡胤就定下了基本国策“与士大夫共治天下”，所以宋朝历代的统治阶级对文人都格外客气和宽松，造就了有宋一朝，诗人、词人、画家、书法家、理学家层出不穷。

由于赵氏江山的由来就是靠兵变所得，所以赵匡胤才定下了这个规矩，重文防武，所有重要的位置都交给文人去打理，以免将来有人以彼之道，还施彼身。他的做法可以说有一半是成功的，宋朝以来，果然没有出现像汉、唐那般大的外戚、宦官和武将叛乱的现象，但同时，完全靠文人治国同样有大的弊端。文人相轻、文人结党、文人太浪漫主义、文人中的奸佞小人特别多，像蔡京、张邦昌以及后来的秦桧，哪一个没有状元之才？而党争更是严重，甚至可以让莫逆之交最后彼此割袍断义，互相掣肘，就像司马光和王安石。如今登到龙亭之上，看到他们俩的蜡像在一起，耳畔仿佛还能听到他俩“变与不变”的争吵。只可惜最后没有一个是赢家，却输掉了整个国家。

## 5

好好的文人，但凡一沾染上政治就变了态，不提也罢。告别了龙亭的风云争斗，还是去开封的市井转转吧。

到了开封，怎能不去逛逛这里的夜市呢！从北宋时期汴梁的夜市就红红火火，据说早期的时候，要限于三更之前结束，而到了中后期，干脆取消了禁令，吃个通宵达旦。屈指算来，已然过了一千年，可依旧还是如此热闹。说来真是一个奇迹，一千年来沧海桑田，朝代更迭，很多有形的东西早已湮灭于战火风尘之中，而这无形的生活方式和饮食文化却代代相传，保留了下来，这大概也印证了我们中国人内心深处所推崇的“无形胜有形”吧。

天刚擦黑，走在鼓楼街头，一个接一个的摊位前就已经人头攒动了。待踱到鼓楼街和寺后街的路口时，简直是黑压压一片，连街上的交通都堵住了，若是没有足够心理准备的人看到这架势，难免会大跌眼镜，难不成全开封的人都跑到夜市来吃饭了？

这里既有当地有名的诸如灌汤包、牛羊肉、胡辣汤、桶子鸡、花生糕、杏仁茶、炒红薯之类的传统小吃，也有全国其他地方的美食，甚至还能吃到越南风味的华侨米卷！一个摊位接一个摊位地转，在这里不能吃大餐，要一样来一点儿尝尝，尽管如此，一圈转下来也已肚大腰肥了。想当年，台湾的美食家逯耀东先生随旅行团到开封观光，团队大概觉得夜市上不了台面，会让港台的同胞笑话，就没有安排这个项目，急得逯先生最后独自逃了出来，在夜市里大快朵颐，不亦乐乎。

孟元老的《东京梦华录》里记录有一长串夜市的菜名，到今天保留下来的恐怕不多了，同样的，今天的很多新花样，书里也是不曾有的。时代在变，而这一份闲适和热情没变。无论何朝何代，吃——吃的内容和对吃的态度，永远能反映一个时代和一座城市最真实的气质，无论是刘子翚的灯火樊楼，还是摩肩接踵的嘈杂夜市，这大概总算是一个颠扑不灭的真理。

## 6

“九月花潮人影乱，香风十里动菊城。”这诗写的便是开封。若是秋天来到这里，赶上一年一度的菊花花会，是再好不过的时节。

我们这次便是慕名而至。慢说是龙亭、铁塔、禹王台、相国寺这样的名胜之处早已花团锦簇，就是开封普通的家家户户和店铺门前，也摆出了三五丛丛，煞是好看，真是应了“满城尽带黄金甲”这七个字。北宋理学家周敦颐在《爱莲说》里写道：“菊，花之隐逸者也。”菊花是花中的隐士，身为“菊城”的开封自然也多多少少沾染上了几分这举世无争的气质。

“一重山，两重山，山远天高烟水寒，相思枫叶丹。菊花开，菊花残，塞雁高飞人未还，一帘风月闲。”这是南唐后主李煜笔下的菊花。公元975年，归为臣虏的李后主，随军北上，软禁汴梁，在开封度过了他人生中最后的四年时光。每当这座城市满眼“绿丛篱菊点娇黄”的时候，也正是他的故国金陵城郊栖霞山上红叶似火的时候，而他此时也只能隔着千山万水远远地回忆了。到后来，终究还是因为一句“故国不堪回首月明中”而被宋太宗赵光义赐了毒酒。毒死的那一天正好是他四十二岁的生日，阴历七夕，没能等到那一年菊花盛开的日子。

## 7

有人说，开封地下的城池一座摞一座，就像一座宝塔。无独有偶，开封这座城市的标志，便是塔。铁塔和繁塔——开封仅存的两处真正意义的千年古迹。从宋至今，任由黄河泛滥，泥沙散漫；任由刀光剑影，战火纷飞，这开封城一南一北的两座宝塔，尽管也已伤痕累累——铁塔的塔基被埋在了地下，而原本九层高的繁塔也只剩下了三层，但是依然倔强地矗立在原地，仿佛是在坚守着自己的历史使命。

在开封的最后一天，我和友人到开封城外去寻繁塔。通往繁塔的道路正在整修，通不了车，我们又一次用最原始的方式，深一脚浅一脚，泥泞不堪，风尘仆仆地去拜访它。远远地望到了，藏身在一处不起眼儿的破败民居里，我们又七绕八绕才算找了进来。眼前是一方不大的院落，门口挂着个“繁塔文物保管所”的牌子，院里住着一户人家，大概是守塔的，兼管着售票。除此之外，再没有别的游人，斑驳的塔身下，一丛新菊开得正艳。

我极爱这儿的安静，也爱这儿的古朴。进入塔身，狭窄而陡峭的台阶，昏弱的灯光在黑暗中明灭，大可以想象成这是一条直接通往历史的时间隧道了。登得塔顶，向窗外眺望，远远眺望整个开封，眼前所见几乎算不上是美景，然而就在这平凡的景物中，仿佛又让人有了淡淡的领悟。世事一场大梦，人生几度秋凉，千年的风雨，千年的开封，也曾富贵繁华，绚烂一时，最终归于平淡，转身离去，只留下一个华丽又苍凉的剪影。我不要耀眼的光环，我不要缥缈的虚幻，或许脚踏实地，岁月静好，才是这座城市真正想要的幸福。

## 二分明月在扬州 //

1

原本，隋炀帝的墓在扬州城北六公里外的雷塘。

但在几年前，考古界发布了一条令人震惊的消息，他们在扬州曹庄发现了真正的隋炀帝墓，而这雷塘墓原来是个山寨货。这颇让我们情难以堪，文学青年们怀古怀了一千多年，骂也骂了，夸也夸了，感情酝酿得都充血了，到最后原来只是一场戏。

一直以来，隋炀帝杨广这个人身上背负着千秋万世的骂名。大抵这又印证了那条不成文的规矩：一个好人，未必能做一位好皇帝，而一个好皇帝，也很难成为人人都赞赏的好人。

杨广十三岁时被封为晋王，二十岁时统率军队南下灭陈，活捉了胭脂井里的陈后主，统一了南北，二十三岁的时候成了主管扬州的封疆大吏。

那时所说的扬州并非今日的这座城市，而是指江南一带的广大地区。杨广算得上文治武功，对这片土地也是格外喜欢。他纳江南的女子为妃，与江南的士子激扬文字，甚至和当地的人们学起了吴侬软语。

待到他三十六岁称帝之后，在修东都、设科举、联西域、降南越、通台湾、战辽东之余，还不忘三下江南，来这里游山玩水，眠花宿柳。为了去江都（今扬州）看琼花这么一个“美丽”的理由（当然这理由又是谣言），大笔一挥，于是下令修掘了这条举世瞩目的千里大运河。最终由于劳民伤财，天怒人怨，被手下的大将宇文化及杀害在了江都。

暮江平不动，春花满正开。
流波将月去，潮水带星来。

寒鸦飞数点，流水绕孤村。
斜阳欲落处，一望黯消魂。

这样干净明丽的诗文，竟然都是出自这位千夫所指的君王笔下！杨广若不是生在帝王家，想必他一定也是一位如同若干年后李白那样的游侠，一袭白衣，风流潇洒，飘然佩剑行走于九州之内，去追寻他的理想和红颜知己。高兴的时候，白日放歌须纵酒；哀伤的时候，与尔同销万古愁……

然而，历史毕竟不可能假设。

隋炀帝的陵园内，游人寥寥，只有他的荒冢孤零零地立在风中，身旁陪伴他的只有那条千年流淌不息的大运河。“君王忍把平陈业，只博雷塘数亩田”，当年中唐诗人罗隐路过此地的时候如是说道，也算是对他的一声叹息吧。

格外有趣的是，扬州旧时曾叫广陵。据说在杨广主管扬州的时候对此相当不爽。广陵，广陵——杨广之陵，难道要我死在这里不成？于是，改成了江都。谁知，前赶后赶，百转千折，还是没能逃脱葬身于此的命运，或许这也算历史与我们开了一个不大不小的玩笑吧。

## 2

在扬州城的东南角，有一座徐凝门。城门自然早已不存，但还有一条徐凝门路和徐凝门桥横亘在穿城而过的运河之上。

徐凝是唐朝的一位诗人，一生布衣，无权无势，默默无名。莫说是在整个唐朝，就是在他所生活的中唐，也只能算是一位不入流的诗人。他一生到底作了多少首诗不得而知，似乎也没人关心，《全唐诗》专门有一卷收录了他的九十二首作品，但称得起上品的实在寥寥，甚至有一首写庐山瀑布的诗被后世苏东坡当成了反面教材，有“飞流溅沫知多少，不与徐凝洗恶诗”的戏言。但其中有一首《忆扬州》却让我们不得不提，并且值得一提再提：

萧娘脸薄难胜泪，桃叶眉头易觉愁。

天下三分明月夜，二分无赖是扬州。

此诗一出，一片赞叹。天下的月光一共被分成了三份，其中的两份都照在了扬州城里，而其他地方则只能共享剩下的那一份了。这是何等惊艳的诗句，其时其景，大概也只可意会，无法言传的吧。虽然后来又有了杜牧的“二十四桥明月夜”、张祜的“月明桥上看神仙”等诗，但在题写扬州的唐诗之中，徐凝的这首诗可以称得上是魁首之作了。

后来到了清朝，有一位姓员的富商在扬州修了一座园林，里面有一座楼，便取名为“二分明月楼”；还有一位叫陈素素的才女，自称“二分明月女子”，并把自己作的六十余首诗词结集，取名便是《二分明月集》。

“二分明月一声箫，半属扬州廿四桥”，自此以后，凡是提起扬州，便无论如何也绕不开徐凝和杜牧了。这徐郎、杜郎两位公子，在世之时，或是穷困潦倒，或是壮志不酬，总之是不太如意，谁知百年之后，却能被一座城市牢牢记住，不可分割。若他们地下有知，想来也必是颔首含笑了。

## 3

平山堂修建于公元 1048 年。

抬头望一眼扬州的上空，白云苍狗，时光已经到了宋朝。这一年，这座城市迎来了一位新太守，他就是名贯九州的文坛泰斗欧阳修。

欧阳修是一个很浪漫的人，也非常有情调，放到现在就是典型的小资一族。他到扬州的这一年是四十二岁，仕途上不太如意，已经渐渐淡出了政治的舞台，而且眼疾也越来越重，但这一切并不妨碍他在扬州享受的幸福时光。

他在瘦西湖的北岸蜀岗之上修起了这座平山堂，并且打点得古朴文雅，还亲手植了一棵柳树。每在公务之余，便邀上三五知己，聚在堂中，把酒言欢。平山堂“文化沙龙”的座上客也一个个皆是饱学之士，他们击鼓传花，花落谁家便由谁吟诗联对，那风雅的场景一如当年癸丑暮春落花中曲水流觞的兰亭之聚。

在一次花落己手之后，欧阳修作了一阕《朝中措》，词是这样写的：

平山阑槛倚晴空，山色有无中。手种堂前垂柳，别来几度春风。

文章太守，挥毫万字，一饮千钟。行乐直须年少，尊前看取衰翁。

两年前在滁州的时候，他还自称是醉翁，而两年后的扬州，已然是衰翁了。

欧阳修果然是老了。仅仅在扬州的任上做了一年，就因为眼病越来越严重而改知颍州，在那里过起了半仕半隐的生活。

在欧阳修去世的若干年后，他的学生苏东坡也来扬州做太守，特意跑到平山堂，在老师亲手植的柳树下追忆过往，提笔作了一阕《西江月》：

三过平山堂下，半生弹指声中。十年不见老仙翁，壁上龙蛇飞动。

欲吊文章太守，仍歌杨柳春风。休言万事转头空，未转头时皆梦。

其实，又何止一个苏东坡。自欧阳修去世之后，有多少文人、多少百姓跑到平山堂来访古悼怀，恐怕早已不计其数。就是今日，几乎所有到扬州的游客都会来到这里，在欧阳公柳下伫立片刻，仿佛与欧阳公完成了一场隔世的聚会。

## 4

在扬州的老城区里，有很多条不知名的小巷，在某一条小巷的深处藏着一座西方寺。如果问路，单讲西方寺的话，恐怕当地人也有一多半会一头雾水，而如果提起现在西方寺的另外一个名字——扬州八怪纪念馆，大多数人都会恍然大悟，为你指点方向。

那是十八世纪的中国，康乾盛世，经过战后恢复的扬州风景如画，繁花似锦。从全国各地走来了一批充满个性的文人、画师，他们会聚于此。这些人中有的终身布衣，比如金农、高翔和罗聘；有的做了官却因为不愿同流合污而被免了职，比如李鱓和李方膺。他们殊途同归，最终都在扬州的小巷中自成一派，蓬门卖画，丹青余生，人们都戏谑地称他们为“扬州八怪”。实际上经过后人研究，当年的这一批无论性格还是画风都极其接近的画家并非确确实实的八个人，能列出名字的就至少有十五个人之多。“八怪”只是个虚数，叫他们“扬州画派”可能更妥帖一些。

扬州八怪中名声最大的自然是“难得糊涂”的郑板桥。这位康熙秀才、雍正举人、乾隆进士不仅在老百姓中人缘极好，就连京城中的皇帝、亲王也对他另眼看待。慎亲王允禧就和他是忘年之交。允禧经常把郑板桥请到王府中来，谈诗论画，谈得兴起到了吃饭的时间，慎亲王便亲自下厨为板桥执刀切肉，并戏言“昔太白御手调羹，今板桥亲王割肉，先后之际，何多让焉”。后来郑板桥在慎亲王的保举下做了范县的县令，为官勤政，但最终因为不满官场的黑暗挂印而去。

如今旅游走进扬州的小巷中，仍然可以看到很多精神矍铄的老者，聚在一起侃侃而谈，谈论的竟然是金农，是郑板桥，是扬州画派的画风，那神态轻松，语气平常，就如同在谈论自家的邻居一般，仿佛过不多时，旁边的木门就会“咯吱”一声打开，从里面走出当年的画师，对着他们长揖一礼，言道：“又一幅新作已毕，还请各位来切磋指教呵……”

## 5

扬州终于还是衰败了，瞬间之快，竟来不及一声叹息。

1928 年的时候，郁达夫先生初到他梦中的扬州，结果看到的是满目萧然和败落。他在后来写给林语堂先生的信中劝告也欲来扬州的语堂先生：“你既不敢游杭，我劝你也不必游扬，还是在上海梦里想象想象欧阳公的平山堂、王阮亭的红桥、《桃花扇》里的史阁部、《红楼梦》里的林如海，以及盐商的别墅、乡宦的妖姬，倒来得好些。枕上的卢生，若长不醒，岂非快事……”

然而，我终究还是按捺不住只在梦中游扬的落寞，在某一年的烟花三月去了扬州，住的正是当年先生所下榻的绿杨旅社。这座彼时扬州的国际饭店，今日也沦落成为一间普通的旅社，卫生条件也很让人腹诽，但那嵌着精致纹样的水磨石地面、踏上去“咯吱咯吱”作响的木楼梯，还有那配着彩色花玻璃的弧形窗洞，还是吸引我住了一晚又一晚。

就在我所住的绿杨旅社的这条小巷子里，不到三十米，便开有两家麻将馆，摸着黑经过的时候，里面正是高朋满座，欢声笑语不断，可真是“风声雨声麻将声，声声入耳”啊，倒是我这个异乡人，赶了一天的路程，疲乏不堪，倒在床上，早早地进入了梦乡。

“十年一觉扬州梦”，和我一样，同为异乡人的杜牧，他把扬州当成了家乡，这一觉是何等的幸福，只是不知醒来的时候，有没有伸伸懒腰，慵慵地唱上一句“大梦谁先觉？平生我自知”呢？

## 莫向横塘问旧游 //

### 1

中国的文字实在绝妙，经意或不经意间两三个字的拼凑，便组合出一串漂亮的地名。我喜欢追逐着这些美丽的名字到处游走，于是，在那一年的秋天，我千里迢迢孤身而去，找到了千灯，找到了锦溪，还有——横塘。

在中国南方的水乡，“横塘”这个名字不过平常得很，恐怕没有一百，也有几十，但却足足让我心醉不已。中国历史上最美的横塘有两处：一处在金陵，在崔颢的《长干曲》中；另一处在姑苏，也就是我所往的——苏州西南盘门之外的横塘古镇。

## 2

南浦春来绿一川，石桥朱塔两依然。

年年送客横塘路，细雨垂杨系画船。

作此诗的范成大是土生土长的苏州人，与陆游、杨万里、尤袤一起被后人称为“南宋诗坛四大家”。他生活的那个年代正是宋金相峙的乱世，二十八岁中了进士，三十一岁开始任职，先后做过知州、礼部员外郎、起居舍人，还作为南宋的使臣出使过金国。

要知道，宋孝宗派范成大出使的使命是决定废除南宋朝廷向金国皇帝跪拜受书这一耻辱性的礼仪！在蛮横的金国君臣面前，这个文弱的苏州人不畏强暴，据理力争，慷慨陈词，一度甚至险些被杀，但最终不辱使命，完节而归，为孱弱的南宋朝廷保住了仅有的一丝尊严。

后来在他五十二岁的时候，他坐到了参知政事，也就是副宰相的位置。然而，范成大这个副宰相没做多久便被撤了职，原因是和宋孝宗的政见相左。我不知道他们相左的地方到底在哪里，因为毕竟孝宗皇帝是有宋一朝中少有的几位有魄力、有作为的皇帝。大概只是性格不合吧，只是从此之后范成大的政坛之路便开始走了下坡。

在最后的十年里，心灰意懒的范成大托病请辞，隐居在故乡苏州的石湖，号石湖居士，过起了参禅理佛、田园隐逸的生活。每年都会有很多的朋友拎着美酒、带着诗作来看望他。范成大本就是疏狂旷达之人，高唱着“愿我如星君如月，夜夜流光相皎洁”来迎接这些意气相投的朋友。一次次吟诗唱和，杯酒尽兴之后，他便亲自把这些朋友送到横塘的渡头，执手相别。

就这样的十年，春去秋来，物是人非，只有横塘古镇上的石桥与朱塔依然未变。在这些所送客人的身影中，不乏陆放翁、辛稼轩、姜白石这些日后流传千古的大人物。都是性情中人，都过着郁郁不得志的落魄生活。到了渡头，轻叹一声，解开船绳，抱一抱拳，道一声“珍重”，水面上倒映出几张无奈的面容，船起时，波纹冲碎了苦笑，之后各奔天涯。

## 3

横塘历史上最美的一瞬间发生在范成大出生前的二十年。

那也是一个细雨垂杨的暮春时节，烟雨蒙蒙，梅子黄熟，在这样一个早晨，一位铅华褪尽的女子同一位才华横溢的词人在横塘岸边蓦地相遇了……

“凌波不过横塘路，但目送、芳尘去。锦瑟华年谁与度？月桥花院，琐窗朱户，只有春知处。”这或许只是一场普普通通的邂逅罢了，甚至只是四目相对了一下，没有只言片语，便匆匆擦肩而过。九百年后的今天，我们仍然同当年的词人一样，连这位姑娘姓甚名谁都不知晓，但这一切已不重要，因为那一瞬已经深深刻在了词人的心间，沉在了横塘千年不息的水流之下。

写这阕词的人叫贺铸，算起来他还是北宋皇族的后裔，是当年宋太祖贺皇后的族孙。有如此显赫的身份，又有这样不一般的才华，按说他的前程应该是一马平川，不可限量的。然而贺铸这个人，为人刚直，不附权贵，当时的人们都评他身上有一股侠气，不会察言观色，不会钻营取巧，甚至连官场上最基本的“忍气吞声”都做不到，如此这般，只有处处碰壁，事事挨挤的份儿，做了几十年的小官，最后退隐苏州，史料上记载他是“贫穷以终”。

据说贺铸人长得实在不太好看，人高马大，面色青黑，眉毛、眼睛、鼻子、嘴唇似乎也搭配得不太和谐，完全颠覆了中国传统文弱书生的形象，所以世人给了他一个诨名，叫作“贺鬼头”。但是谁又能想到如此的一个“粗”人竟然有这样缜密的心思，写出这样委婉的词句？大概只能用文人生性多情来解释吧。几百年后，不依然有诗人撑着一把油纸伞徘徊在江南雨巷中，渴望逢着那丁香一般的姑娘吗？

贺铸多情却不滥情。写这首词的时候他已经五十多岁，他的结发妻子赵氏夫人也已经去世多年了，但他每每想到，仍然泪洒衣襟。两个人少年夫妻，那赵氏夫人本也是宗室家族的千金小姐，但甘愿与夫君贫贱相守。贺铸一生不曾富贵，过着寒苦的生活，而妻子一直无怨无悔。每每衣服破了，没有余钱购买新衣，赵氏夫人便亲自在灯下一针一线地缝补，就这样患难与共了二十余年，直到她在苏州去世。多年以后，贺铸归隐苏州，故地重游，在妻子坟前长叹一声“空床卧听南窗雨，谁复挑灯夜补衣”。往事历历在目，挥一挥衣袖，潸然泪下。

“试问闲愁都几许？一川烟草，满城风絮，梅子黄时雨。”贺铸是河南人，但他选择了后半生退隐苏州，是因为他的妻子死在这里，这一城的风雨，这一川的烟树，这一怀的思念，他都要一生相守。那一次横塘的美丽邂逅多半是他脑海里的一次时光倒流，从那位不曾相识的女子身上仿佛看到了妻子年轻时的影子。或许这只是我的一厢情愿吧，但在那年如缕如烟的黄梅雨中，我确确实实读到了贺铸那一颗炽热的心。

## 4

离横塘不远，还有一处孤寂的庭院，在那里有唐伯虎的墓。

中国人都喜欢唐伯虎，虽然他看上去有些狂妄、有些不羁，似乎颠覆了中国传统文人的做派，但他自封“江南第一风流才子”的名号，几百年来，却从没有一个人试图去否定他。尽管他参加了科考，却因莫须有的“舞弊案”失去了乡试第一的功名（古代科举称乡试第一为“解元”），但苏州人不管这些，依然甜甜地叫他“唐解元”，还为他编出许多传奇的故事。

先是冯梦龙在他的《警世通言》中收入了《唐解元一笑姻缘》，后来人们也许觉得“一笑”还不足以体现这位江南第一才子的风流，于是“一笑”变成了“三笑”，“唐伯虎点秋香”的故事从此在大江南北传播开来。流传了四百年的故事让人拍案叫绝，但其真实性也着实让人怀疑。秋香虽然在历史上确有其人，不过她并非什么无锡华府的丫鬟，而是与唐寅同拜沈周为师学画的师姐，而且她整整比唐伯虎大了二十四岁，这一段忘年的姐弟恋恐怕也只是人们一厢情愿的乱点鸳鸯谱罢了。

然而历史上真实的唐伯虎又是什么样子的呢？如果我用“悲情”二字来形容，又不知有多少人能够相信呢？

唐伯虎也曾生活在一个幸福的家庭，父亲在苏州城内开了一家小酒馆，他下面还有弟弟和妹妹，也算是一个小康之家。婚后，妻子徐氏温存体贴，夫妻恩爱，一家和睦。然而在他二十五岁的那一年，父亲突然中风而亡，母亲因为悲伤过度也与世长辞，妻子生子时落下了产病，不久也离开了人世，而刚出生的儿子仅仅在人间流连了三天，便追随着母亲而去，而几乎同时，还传来了唐伯虎最疼爱的妹妹在夫家病故的消息……

这一切似乎有些太戏剧化了，然而却实实在在地落在了唐伯虎的身上。一年之内，五位至亲相继离开，谁又能想象出唐伯虎在当时是怎样的感受？后来，在亲友们的安抚下，他用了两年的时间重新振作，续弦娶了一个乡绅的女儿何氏，并且开始发奋苦读，准备考取功名，出人头地，来告慰这些亲人的在天之灵。出众的天赋加上这两年拼了命的苦读，唐伯虎考取了乡试第一。才高必然遭妒，自古从来如此。就在他志得意满地进京考取进士时，遭人诬陷，就是上文提到的那场所谓的“舞弊案”。唐伯虎被稀里糊涂地打进了监牢，再出来的时候，他已经三十一岁了。功名没有了，落魄地回到家乡，等待他的是妻子弃他改嫁而去，而弟媳又要求分家和他划清关系。

“秋来纨扇合收藏，何事佳人重感伤。请把世情详细看，大都谁不逐炎凉！”在欲哭无泪中，唐伯虎读懂了这世间的世态炎凉。

“我愧虽无李白才，料应月不嫌我丑。我也不登天子船，我也不上长安眠。姑苏城外一茅屋，万树桃花月满天。”这是唐伯虎的《把酒对月歌》，我一直认为唐伯虎便是明朝的李白！两个人有太多的相似之处。李白仗剑游侠，唐伯虎在三十一岁的时候也开始了他的七省壮游；两个人都是喜诗爱酒、放荡不羁、视金银为粪土的人，甚至两个人在仕途上的波折都是惊人的一样。分别被当时的永王和宁王看中了他们的名声，招来做了幕僚，但同时，这两个藩王久已有了谋反之心。只是看来唐伯虎要比李白更聪明一些，及时地察觉到了隐情，于是装疯卖傻跑路回了苏州，不至于最后像李白那般一纸判书流放夜郎。

回到苏州之后，他便一头扎进了那片桃园，再也不肯出来。“酒醒只在花前坐，酒醉还来花下眠”“但愿老死花酒间，不愿鞠躬车马前”，没有银子了，便懒洋洋地“闲来写就青山卖”，而且还要自己挑买主，“不使人间造孽钱”。如此这般，年复一年，又怎么能不“笔砚生涯苦食艰”呢？终于在五十四岁的这一年贫寒而终。世间从此少了一个唐伯虎，却多出来那些一丛一丛永远开不败的艳丽桃花。

## 5

我走过横塘，久久地站在唐伯虎的墓前。

墓碑的前面静悄悄地放着一束鲜花，大概是之前的游人所献。这让我想起了明末书商毛晋的那句话“千载下读伯虎之文者皆其友，何必时与并乎”。是啊，读了你的诗文便就是你的朋友了，又何必与你生在同时呢！

夕阳西下，我要走了。老朋友，不知道何年何月再回来探望你吧。

走出唐寅园的大门，蓦然回首，范成大的垂杨、贺方回的梅雨、唐伯虎的桃花，一时间都倒映在这横塘的流水之中，不由得脱口而出了一句叹息“人间所事堪惆怅，莫向横塘问旧游”！

这是三百年前清朝公子纳兰容若的一句词，他也是一位落寞的文人。

## 金陵自古帝王州 //

### 1

初到南京游访的人，恐怕都难免要经历一阵目眩神迷，因为在这座城市里，无论你从哪一个起点开始，都是一段岁月流年的传奇。

余秋雨先生说：一个对山水和历史同样寄情的中国文人，恰当的归宿地之一，是南京。

朱自清先生说：逛南京像逛古董铺子，到处都有些时代侵蚀的遗痕。你可以摩挲，可以凭吊，可以悠然遐想……

年代再久远些的，“诗仙”李白曾无限感慨地为我们留下：吴宫花草埋幽径，晋代衣冠成古丘。三山半落青天外，二水中分白鹭洲……

听啊，前辈们的话语恰似浑然天成的导游词，会不会引领着我，在金陵城时间与空间的交错中，迷失了自己？

## 2

“无情最是台城柳”，我的脚步便是从这城墙开始的。

登上鸡鸣寺的药师塔俯望台城，已是黄昏时分。细雨初歇，雾蒙蒙一片，恰巧应了这首诗的下半句：依旧烟笼十里堤。

台城的柳树为什么无情？大概是看惯了秋月春风、世态炎凉中那城头倏然变幻的大王旗而无动于衷了吧。侯景之乱那年，叛军围城，八十五岁的梁武帝竟被活活饿死在台城之内，十万居民，浩劫之后，仅剩了两千余人，那情景好不惨然。而这之后还不到五十年，又一位亡国的皇帝陈后主陈叔宝被隋军从鸡鸣寺的胭脂井底捞上来的时候，那局面又变得有几分滑稽了。

如今台城上的柳树早已不复存在，取而代之的是满地的荒草，弥漫着的沧桑依旧。

台城上的行人很少，只看到一对情侣，执手徐徐地前行。昔日诗人笔下的无情柳换成了有情人，让我们于这沧桑之中，还是读出了一抹靓丽与欣喜。

鸡鸣寺里的女尼们开始做起了晚课。她们围绕着经堂唱起了“阿弥陀佛”，梵音袅袅，打在湿漉漉的空气中，荡漾开来。

不远处，就是一望无垠的玄武湖，霎时，我的心豁然开朗起来，一如这湖水般澄静。

## 3

安静的，是中山门。这里似乎不是官方推荐的旅游景点，但是曾经在南京上学的朋友提到了它，我便寻着名声而来。

清晨细雨中的中山门城墙上空无一人，踩在坑洼不平的城砖之上，我和友人各自无言地默默走着，仿佛与城下那个车来车往忙忙碌碌的景象，冥冥间是两个世界。

城道两旁是没腕的蔓草，只有中间被人踩出一条细长的过道延伸而去。它们到底通往何处？会不会走到尽头，一抬头，望见那里的人们长衣布鞋，却是到了另一个朝代？

热闹的，是中华门。前一天晚上在秦淮河的橹船上遥遥地望见了它，转天便急不可待地登了上来。

中华门又叫聚宝门，朱元璋向江南首富沈万三借聚宝盆修瓮城的故事，在我还很小的时候，就从小人儿书中知道了。名声在外，引来的游人自然是络绎不绝。正所谓福祸相倚，当年在这里，周庄沈家的名声响彻京城，风光无限，也正是在这里，爱抢风头的沈财神为自己埋下了发配云南的祸根。

“昨夜秋风入汉关，朔云边月满西山。更催飞将追骄虏，莫遣沙场匹马还。”站在雄伟的中华门城堡之上，读几句边塞诗，眼望四方，没来由地就豪情万丈起来了。

## 4

从中华门上望下去，便能看到秦淮河的西水关。从西水关到东水关，悠悠十里，便绘出了金陵城里，乃至中国文化史上最浓墨重彩的一轴画卷。

天黑了，夫子庙店铺的灯火在细雨中次第亮了起来，也映红了这十里秦淮的妩媚。橹船在河中发出“吱吱哑哑”的调子，仿佛是一种召唤，而我，又怎么能拒绝呢？

跳上一只橹船，坐在船头，任风将雨点打在脸上，也不去抹它，反而闭上眼睛，再深深地体味一番“沾衣欲湿杏花雨，吹面不寒杨柳风”的诗情画意。船晃晃悠悠地开起来了，船头打着浪花，河水绿恹恹地溢着光泽。

曼妙的秦淮河，一畔是朗朗书声的谦谦君子，一畔是娇声莺语的倾城红颜。不多时，王献之的桃叶渡过了，罗曼蒂克的书法家在渡口为爱妾高声唱着：“桃叶复桃叶，渡江不用楫。但渡无所苦，我自迎接汝。”李太白的白鹭洲过了，豪爽的“诗仙”饮酒一斗，欣然提笔，写下沉郁顿挫的“三山半落青天外，二水中分白鹭洲”；吴敬梓的故居过了，那笔下的范进老儿“我中了，我中了”的呼喊似乎还回荡在耳边，惊人心魄；李香君的媚香楼过了，红颜一怒，血泪洒就的桃花，染红了轻薄的纸扇，也染红了半壁江山。又经过一处，船娘开始朗朗地吟起了“朱雀桥边野草花，乌衣巷口夕阳斜……”哈！不消问，大名鼎鼎的王谢故居也过了。

这一夜，船上的人谁都没有饮酒，却全昏昏然地沉醉其间。短短三十分钟的船程，却仿佛度过了悠悠千年。多少朝代的更替，多少风景的转换，稍纵即逝间，竟不知今夕何夕。

“烟笼寒水月笼纱，夜泊秦淮近酒家。商女不知亡国恨，隔江犹唱后庭花。”这是杜牧的秦淮河，是唐朝的秦淮河。多少岁月过去了，天上人间，物是人非，唯有那一轮明月依旧，那一怀诗情依旧，在这一段河水之上，在我们每个人的心头之上，熠熠地泛着光华。

## 5

“山围故国周遭在，潮打空城寂寞回。淮水东边旧时月，夜深还过女墙来。”刘禹锡诗里写的，便是清凉山。

我第一次赶到这里的时候，已将近闭园的时间。夜已暮，雨初停，没有月亮。

走在山道之中，山影黝黑，弥漫着浓郁的桂花香气。

这里曾是战国时期的楚国都邑，这里曾是东吴孙权所建的石头城，这里曾是长江岸边，这里曾是兵征之地，这里曾让一代名相诸葛孔明发出“虎踞龙盘”的感叹。但这一切，随着长江改道，而归于了寂寞。

豪情没有了，便多生出了几分柔情。

张爱玲的《半生缘》中，有这样一个情节：六个年轻人一起去清凉山游玩，其中包括叔惠和翠芝，他俩为了去看清凉寺里有家眷的和尚而和大家走散。去看和尚也许只是他们的借口，他们真正去了哪里，谁也不曾知道，只知道那一晚，他们的心情格外愉快。

读《半生缘》，往往只注意到了世钧与曼桢的悲剧，而忽略了叔惠与翠芝这一对同样有情而不能眷属的苦命人。

天越来越黑，没有看成清凉寺和扫叶楼，就连山中的游人也看不到一个了。怏怏地下山，山如其名，已经有了些许寒意。蓦然回首，这么一个既有金戈铁马又有儿女情长的地方，融在沁人心脾的桂花香中，已经分不清楚到底是个什么味道了。

再来清凉山已经是整整两年后的秋天，这一次是天光大亮，得以好好地游访了一番，清凉寺、崇正书院还有那口传说中南唐古井，只是扫叶楼依然没有寻到，就在打算再次失望而归的时候，却发现就在清凉山山门不起眼儿的一侧，一条石阶通向高处，石门之前赫然有四个小字：古扫叶楼。这可真是应了“众里寻他千百度，蓦然回首，那人却在，灯火阑珊处”了，倒真是隐士闲居的佳处，怪不得“金陵八家”之首的龚贤晚年会倾囊而出将这里买下来，潜心经营起自己的“半亩园”。

龚贤是晚明著名的画家和诗人，在清军占领南京之后，他毅然出走，开始过起漂泊的生活，晚年回归金陵，隐居在清凉山下，深居简出，以作画和教书为生，经常来往的也只是一些明朝的遗老遗少和反清复明的义士。

其中就有一位小他三十岁的孔姓朋友，两个人结成了忘年交，经常彻夜长谈，讲一讲南北见闻、前朝旧事。后来龚贤死后，家境贫寒，还是这位孔姓朋友赶来料理的后事，整理龚贤的遗稿，接济龚家的子女，被人赞为义举。这位朋友叫作孔尚任，十年后，他根据自己的构思和龚贤提供的素材，写出了一部旷世奇剧《桃花扇》，照亮了金陵的半边天。

## 6

赶在一个农历六月的周末跑到火炉一般的南京，只为了看一眼莫愁湖，这多少会让人感到诧异，甚至就连在南京的朋友也发来信息劝我，这不过是南京城里一个极平常的湖，大可不必千里迢迢地辛苦赶来。

那个被叛军饿死在台城的梁武帝曾写过一首《河中之水歌》："河中之水向东流，洛阳女儿名莫愁。莫愁十三能织绮，十四采桑南陌头。十五嫁于卢家妇，十六生儿字阿侯……"这诗把莫愁女的前半生很清晰地写了出来，这个来自洛阳的姑娘卖身葬父，被卢员外买到了南京做儿媳，据说莫愁和卢公子还是非常恩爱的。不过后面的故事有了多个版本，有的说卢公子应征戍边，十年未还，莫愁受到公公的诬陷迫害；有的说梁武帝垂涎于莫愁的美貌，害死了卢公子，欲求霸占。总之，莫愁姑娘终究是投了石城湖而死了，百姓为了纪念这位美丽善良的女子，就把湖名改成了她的名字。

这个故事并不惊天动地，然而却把淡淡的中国式的悲欢离合都融在里面了。待我赶到的时候，荷花开得正浓，把华严庵山门前的湖面挤得满满当当，登过胜棋楼，不能免俗地来到郁金堂的莫愁女石像前傻呵呵地留了张影，转过堂后，整个莫愁湖便入眼底了。沿湖而行，正如朋友说的，这里已经成为一个很普通的大公园，正好是周末的上午，大人们带着孩子出来玩耍，湖畔的游艺设施让孩子们无邪的笑声响彻湖面。一个莫愁湖，一群不知愁滋味的孩子，画面定格在阳光里，暖暖的，让人感动。

## 7

南京人讲究“春游牛首，秋游栖霞”，而我在一个秋天赶到牛首山，背季而行，就只为去看一看山中的这一座南唐二陵。

南唐二陵里葬的是国主李昪和中主李璟。有趣的是，访这里的人有九成是冲着后主李煜来的。而李煜的墓，则在千里之外的洛阳。

实在是李煜的名声太大了，超过了他的父亲和祖父，就连陵园的管理人员也很顺应人心地在走廊的两旁，刻满了李煜的诗词。不过也没办法，谁叫中主李璟的诗词传到如今，只剩下区区四首了呢。

南唐有位大臣叫冯延巳，在当时的文坛，与温庭筠和韦庄齐名。他有一首《谒金门》，第一句是“风乍起，吹皱一池春水”，这句词被广为流传，据说李璟知道之后有些妒意，便在朝堂之上与冯延巳开玩笑道：“吹皱一池春水，干卿何事？”而小冯也颇为知趣，连忙鞠躬作揖装谦虚道：“我的这一句哪里有陛下您的‘小楼吹彻玉笙寒’更出彩呢？”说完之后，君臣两人相顾哈哈大笑。

一直对南唐这个小朝廷很感兴趣。这到底是怎样的一方水土，为什么上到国主，下到大臣，个个都是填词高手？

最心有不甘的恐怕就是南唐的开国皇帝李昪了，自己戎马一生，宦海沉浮，辛辛苦苦打拼下来的江山，谁承想交到两个文人儿孙的手里，不出四十年，就伴着孙子李煜那一句“最是仓皇辞庙日，教坊犹奏别离歌，垂泪对宫娥”而付诸东流了……

## 8

南京的地下埋着很多开国的君主或英雄。比如东吴的孙权，比如南唐的李昪，比如明太祖朱元璋，比如国父孙中山……

很多人相信金陵有王气，纷纷在此建都，在此立业。可结局往往不过是南柯一梦。

孙皓受降归了西晋，李煜辞庙随了北宋，梁武帝被活活饿死在城中，建文帝被叔叔打得仓皇出逃，不知下落，蒋介石妄图倚着长江天堑守住霸业，结果最终也被打到台湾。更是出了那个可笑的陈后主，国破之日，竟带着妃子躲进鸡鸣寺的胭脂井里，死活不肯出来，结果成了后世贻笑千年的笑柄。

细细算来，突然发现，这些想依靠金陵王气统治千秋的朝代，竟然没有一个超过三代！难怪“诗豪”刘禹锡早在一千两百年前，就在他的《金陵怀古》中感叹道："兴废由人事，山川空地形。后庭花一曲，幽怨不堪听。"

## 9

南京的雨一下起来便是淅淅沥沥的三四天，本想趁此机会跑到燕子矶去看一番"对潇潇暮雨洒江天"，谁知道这一天却偏偏放了晴。倚栏望江，江风吹乱了头发，心情也像这江水般汹涌澎湃。江面上万吨的巨轮来来往往，远处是新建不久的南京长江二桥，身影雄姿英发。

燕子矶被称为"万里长江第一矶"，这名声所来非虚，果然是气势如虹。当年李白云游金陵的时候，曾形容这里是"吞江醉石"，"诗仙"当真是个贪杯之人，看什么都和酒有关。一到金陵城便一头扎进了酒肆，喝个昏天暗地，临走的时候倒还不忘以诗相赠，诗写得好极了："风吹柳花满店香，吴姬压酒唤客尝。金陵子弟来相送，欲行不行各尽觞。请君试问东流水，别意与之谁短长？"看啊，连一向仗剑游侠，性情豪爽的李白都开始变得缠绵起来。

每次当我就要离开南京的时候，心里也是如此不舍，可是我没有李白那斗酒诗百篇的才情，写不下只言片语。只是站在火车站的大厅里，透过玻璃窗，默默地望着对面澄净的玄武湖，盘算着下一次到来的机会。走过了这么多城镇，为什么偏偏会对这里如此牵挂，我并不能理智地作答，或许真的就如同朋友笑谈的那样，我的前尘往世同这座城市有一种冥冥间注定的缘分吧。

## 两三星火是瓜洲 //

### 1

江南的春夜，一如初唐诗人张若虚诗句中铺陈的那般，江流宛转，月照花林。岸边四野无涯，苇叶随着微微的江风轻轻摇摆。夜空里斜月如钩，月色皎洁，铺满了一澄江面，似一条环绕在乌衣腰间的玉带，熠熠发光。四周万籁俱寂，只有落潮随着节拍轻打着江岸和岸边系缆的船舷，人们都已进入了梦乡，只有零零落落的船舱中还亮着微弱的烛火，暗示着船中之人还没有昏昏睡去。

自远而近地，一阵橹声欸乃，聒碎了这一刻的静谧，一条小船出现在了江的那一面。一位白衣男子从船舱中探出身来，立在船头，环视着眼前四野，开言道："船家，这是什么地方？对岸又是什么地方？"

船家一边摇橹，一边作答："公子啊，马上就到金陵渡了，我们要在这里歇息一宿，明天一早我再把您摆渡到对岸的瓜洲渡去。从那里上岸再走半日，就到扬州的地界了……"

"哦，瓜洲，瓜洲……"白衣男子喃喃地重复着这个地名，惆怅地望着对面的一切，一声轻叹，出口吟出了一首绝句，"金陵津渡小山楼，一宿行人自可愁。潮落夜江斜月里，两三星火是瓜洲。"

吟诗的这个男子，他叫张祜。

第二天清晨，张祜已经站在了瓜洲渡口的岸边。眼前的渡口，一片繁碌的景象，船只在进出，货物在运卸，迎来送往，人声嘈杂。昨晚看到的一切都已变得无影无踪，宛如只是夜里做了一场梦而已，了无痕迹。

张祜孤寂地站在那里，深情凝望着来时的水路，仿佛遁寻着这一条曲曲折折的江水，便能望到他来的地方——那一头的长安。那时节，他凭着一首《何满子》名满京城，当时的天平军节度使令狐楚爱其人才，精心挑选了他的三百首诗作结成集子献给唐宪宗，加以推荐。但当时的宰相是元稹，正是令狐楚的政坛死敌，他怎能容忍让一个政敌推荐的人才出人头地？于是只在皇帝耳边轻轻说了句"雕虫小技，不值一用"便宣判了张祜仕途的死刑。从此，张祜再也没有了东山再起的机会。在长安压抑了几年之后，他终于断了做官的念头，一叶扁舟，顺江而下，开始了自己的另一半生涯。

于是，就到了瓜洲。

张祜收回了远望的眼神，重新审视了一下自己身边的这块土地，这将是自己一段新生活的开始。他活动了一下筋骨，整理了一下衣衫，深深地吸了一口气，给自己一个微笑，转过身来，高唱着“人生只合扬州死，禅智山光好墓田”，大踏步地向扬州走去……

## 2

有些事情是命里注定的，就像张祜遇到了元稹。回过头来看，这不仅仅是他一个人的悲哀，也是一个时代的悲哀。张祜在被元稹打压的那段日子里，也曾辗转找到当时的另一个文坛大家白居易，想请他替自己说几句话。张祜和白居易也算是有点儿交情，张祜曾经作为晚辈专程拜访过白居易，两个人也曾诗词唱和。但是张祜没有想到，白居易和元稹的关系，那是知己，是兄弟，是死党，是莫逆之交，白居易怎么会为了一个区区的张祜而得罪自己的朋友呢？

我这里无意苛责白居易什么，毕竟人在江湖，很多事情总是身不由己。就张祜的这件事情而言，元稹无疑做了一回确确凿凿的小人，而白居易只是和了一场稀泥而已。

关于瓜洲，白居易倒是要比张祜早那么几年就到过了。那是公元826年的冬天，他卸任苏州刺史回洛阳述职，那一年他整好五十五岁。想必他也一定痴痴地站在瓜洲渡口多时，望着东流的江水滚滚而去，仿佛看到了自己半生的岁月和理想也就此一去不回。

巧得很，同在这个时候，同是五十五岁的刘禹锡，从安徽和州卸任赶回洛阳，也在瓜洲渡口弃舟登岸。两个“老江湖”在这里蓦地相逢了。

小小的瓜洲，竟然同时来了两个名震九州的大诗人，这还了得！身在扬州的淮南节度使王潘连忙把二人请到了家中设宴接风。这一场欢宴，饮的不仅仅是酒，更是各自那一段不堪回首的人事沧桑。

白居易喝醉了，完全放下了身段，不顾还在一旁正襟危坐的主人，一手搂过刘禹锡的肩头，一手用筷子敲击着瓷盘，为刘禹锡吟诗唱曲：“举眼风光长寂寞，满朝官职独蹉跎。亦知合被才名折，二十三年折太多。”满朝那么多的官员，庸庸碌碌，唯有你才高名重，却偏偏这些年来风雨飘零，东奔西走，被贬外任。二十三年了，你失去的太多了！说到动情处，白居易老泪纵横，一阵阵地心酸，不仅仅为刘禹锡，也为自己。刘禹锡虽然也喝了很多酒，倒还算清醒，他悄悄抹去眼角的泪，用力拍了拍白居易的肩膀回敬道：“沉舟侧畔千帆过，病树前头万木春。来，老朋友，干了这杯酒，让我们振作精神，从头再来！”

两个人相携回到了洛阳。白居易已经无心政治，虽然挂着官职，但过起了独善其身的生活。而刘禹锡壮心不已，在洛阳做了一年的主客郎中，第二年便被召回了长安，官越做越大，最后做到了礼部尚书。两个人在一起喝酒聊天儿的机会越来越少，但是只要一想起瓜洲重逢扬州赴宴的那一段往事，彼此就会心生温暖。

若干年后，刘禹锡坐在家中的太师椅上，听自家的后生晚辈们朗读诗文。当听到“汴水流，泗水流，流到瓜洲古渡头，吴山点点愁”的时候，微眯的双眼睁开了，他自言自语道：“这怎么那么像白乐天的口气啊……”说着拿过诗集，落款处果然是那个熟悉的名字——白居易。

## 3

相比张祜的惆怅和白居易的感伤，王安石经过瓜洲的时候简直有些得意扬扬了。

他自然有得意的资本。那是公元1075年的春天，据他第一次罢相还不到一年的时间，宋神宗就召唤他回开封，继续主持他的变法大业。

五十四岁的王安石从江宁出发，马不停蹄，星夜兼程，不过两日就已到了瓜洲的地界。他立在江边，望着头顶的一轮圆月，望着并不遥远的家乡，望着四野郁郁葱葱的江岸，夜风吹动他的衣衫，也将他的心情吹得格外清爽。他在心里默默盘算着他的那些政敌的境遇：恩师欧阳修已经去世三年了；当年反对自己变法的两位老宰相韩琦和富弼都已告老还乡，半仕半隐；曾经最好的朋友司马光被自己逼得去东都洛阳写他的《资治通鉴》去了；而总和自己扎刺儿的那个苏东坡，此时正在贫瘠不堪的密州做他的太守，带着他的一群手下“老夫聊发少年狂”地狩猎呢……想到这一切，王安石的嘴角微微上扬，他又一遍狠狠地凝视了眼前的风景，长吐一口气，唱出一句“春风又绿江南岸，明月何时照我还”，转身回到船舱睡觉去了。这一夜，王安石所做的一定是大业已成、衣锦还乡的美梦。

人们常常戏谑梦是反的，这一点恐怕在王安石到达开封后不久也体会到了。变法依然推行得步履维艰，最糟糕的是，在自己复相仅仅四个月的时候，开封的上空出现了彗星（扫把星），这种不吉利的天象，让神宗皇帝惶恐不已，人们趁机把所有的矛头都指向了王安石。于是，王安石又“下课”了。

瓜洲，是回归故里的必经之路，不知道再次站在岸边的他，面对一江逝水，想起当初自己所作的那首小诗，心里是个什么滋味。回到江宁的王安石，浑浑噩噩，没过几年，就病倒在床了。病卧床榻的他，听着一条条坏消息接踵而来，凝聚自己半生心血的变法事业被反对党们暴土扬灰，整得支离破碎。心灰意懒的他，比这个危厦将倾的朝廷更早地亡故了……

## 4

在王安石去世三十一年后，北宋灭亡。金人南下，宋室南渡，中国历史的舞台开始整体性地南移。

那一段时间的瓜洲一定是非常热闹的。无数的人在这里仓皇地登船，逃到对面的镇江，继而进一步南下去常州、苏州、临安。船启动了，多少人相互搀扶着转过头来，回望故国三千里，或许今生再也没有机会回归故土了……不知是谁起的头，开始轻轻地啜泣，继而是放声大哭，紧接着是全船人恸震天地的哀号。这一切，都在瓜洲的上空久久盘旋。

有人说，京杭大运河悠悠流经扬州和镇江中间的时候，忽然打了一个漂亮的结，这便是瓜洲。同样的，我觉得，在南宋北宋交替的这一段时光，也是中国历史中一个难以解开的结。只是这个结并不漂亮，还时时让人隐隐作痛。

南渡的宋室皇族们依旧优哉游哉地过着“山外青山楼外楼”“直把杭州作汴州”的生活，任由诗人和将士们愤恨地高喊着“楼船夜雪瓜洲渡，铁马秋风大散关”和“壮志饥餐胡虏肉，笑谈渴饮匈奴血”却无动于衷。中国历史上最孱弱的一个朝廷，不是明朝，也不是清朝，恰恰就是南宋。

南宋的宗室们抓紧时间过着号称“中国历史上最精致的生活”，即使所谓的“临安”连临时的安稳也无法做到的时候，他们还可以继续向南再向南，反正中国的南疆大得很，即便最后连一块土地都无法占据的时候，还可以跑到海上的楼船里面继续过我的“行朝”生涯。

南宋末年的历史真的不忍心去一遍遍地读起，还好出了个文天祥，总算让我们有了一丝慰藉。

文天祥也是到过瓜洲的，不过来的时候很狼狈。那是 1276 年的初春，文天祥作为南宋朝廷的官员去元朝大营谈判，谁知却被蒙古军扣留下来作为俘虏准备押回大都。元军对他看守得很严密，因为谁都知道只要搞定了这位南宋的状元丞相，那么南宋朝廷便连一丁点儿的翻盘机会也没有了。

这天一行人到了镇江，对面便是瓜洲了。这天夜里，文天祥和他的手下终于瞅准了一个机会摆脱了元军的监视，逃了出来，跑到长江边，觅了一条小艇，弃岸上船。这一场逃亡实在惊险，虽然躲过了元军设在陆地的重重关卡，但在江上还是遇到了元军的巡逻船只，眼看着已是无处可逃，真是天公作美，这时正好赶上落潮，蒙古人又不识水性，不熟船工，始终没有赶上载着文天祥的这艘小艇。这一劫真是九死一生，船经过瓜洲水面的时候，文天祥一定顾不得欣赏一下当年张祜的“两三星火”和王安石的“明月在天”，纵然这位南宋的状元再如何才高八斗，彼时的情景想让他谈两句诗词，那也还真是强人所难。

文天祥后来逃到了离瓜洲不远的真州城。虽然逃出了蒙古人的军营，但是后面的救国之路仍然艰难。在南宋的抗元阵营中，也是勾心斗角，各自为战，很难形成合力，文天祥的星星之火，始终未能燎原。在两年后的一次战斗中，再一次被元军所掳。

这一次蒙古人没有再给文天祥逃跑的机会，把他关押在都城兵马司的土牢里长达四年。这四年的时间，元人用尽了办法劝其投降，甚至愿以元朝的相位相授，但都未能让文天祥动心。最终，忽必烈失去了耐心，在 1282 年的腊月，将这位南宋丞相斩于北京。

其实早在文天祥被斩首的三年前，也就是 1279 年的一次战斗中，南宋的丞相陆秀夫就背着九岁的皇帝赵昺跳海自尽了。从严格的历史意义上讲，从那时候起，有宋一朝便告灭亡。但我情愿一直倔强地认为，直到三年后文天祥人头落地的一刹那，整个宋朝才算真正地完结。

## 5

瓜洲的一切就在岁月的消磨中渐渐地淡漠，如同这滚滚东流的江水一般一逝而去，只留下三五句诗词、一两个故事还挂在人们的嘴边。

那年的深秋，我冒着秋雨从镇江坐渡轮到瓜洲，追寻当年的瓜洲古渡。镇上的人已经很难确切地指出古渡当年的具体位置，几经辗转打听之后，我终于迈进了一座荒废的园子。空无一人的废园，没腕的荒草，几乎称不上路的泥泞小道，山重水复之后终于柳暗花明，见到了那座高高的临河的牌坊，那座坚毅地刻着“瓜洲古渡”的石碑。渡口自然早已不负当年的景象，江面上也没有了船只往来的踪迹，只有两三条渔舟懒懒地系在江岸，随波荡漾。不远处是三年前刚刚建成的润扬大桥，桥上车流如梭，成为连接京口瓜洲一水间的新通道。那边，是现代化高速疾驰的风潮；这边，影印成为历史一个凄凉的背影。

渡口的不远处有一座沉箱亭，冯梦龙《警世通言》里杜十娘怒沉百宝箱就在此地。据说这个故事并不是小说家杜撰的，而是确确实实就发生在这个渡口。百余年来，人们一遍又一遍地痛骂着李甲的懦弱和孙富的无耻，我忽然想起一位朋友曾经问我：“难道这悲剧不是因为杜十娘的考验太多了吗？她不相信男人，又渴望得到爱……”我不禁哑然失笑，是啊，爱情本来就是虚无缥缈的，又何苦考验来考验去，难道最终想要得到的，就是一个经不起考验的结局吗？

沉箱亭里布满了蜘蛛网，显然已经很久没有人来过这里了。我痴痴地立在台阶之下，不知道是应该进去，还是不要打破这片尘封的记忆。我举着伞，就那样站着，很久很久，仿佛回到了万历年间那大雪漫天的瓜洲，江岸一片雪白，听到从某一只小船的船舱中传出缓缓的琵琶声，那——是杜十娘为瓜洲古渡谱写的最后一曲绝唱。

## 斜阳草树话镇江 //

### 1

在我所走过的大大小小的江南城镇中，镇江绝对算得上是别致而奇妙的一个。

只要一抬头，与它隔水相望的一江之北，便是温柔香软的扬州。回过头，在它南面的广袤土地，则是姹紫嫣红的苏州、无锡、常州，就是在这一片绮丽浮华的锦簇秀色之中，却突兀着这样一座别具风骨的城池。

仿佛，水一汇到这里突然就生起波澜，江一流到这里突然就壮阔起来，山一绵延到这里突然就厚重坚峭起来。就连文弱婉约的诗人们一踏上这片土地，胸怀也立刻豪情万丈起来。那些莺莺燕燕的诗词放在这里便觉得不大适宜了，而诗人们只消站在江边，深吸一口气，直抒胸臆地一通呼喊，一出口便成就了最好的诗句。

## 2

长江滚滚，万里而来，奔流到这里华丽地转身，把光彩闪出，把世人的视线慷慨地留给身旁的这座“天下第一江山”——北固山。

甘露寺就在北固山的半山腰，听到这个名字，喜好京剧的人恐怕已经一摇三晃地把“劝千岁杀字休出口”挂在嘴边了吧？西皮流水之间，把我们拉回到了一千八百多年前的三国时代，一段《龙凤呈祥》的好戏正在悄悄地上演，而拉开大幕之后的舞台，正是这座高不足六十米的小山……

赤壁大战之后，孙刘联盟开始松动，刘备占据着荆州不还，周瑜设下一计，假称将孙权之妹孙尚香许配给刘备，吴、蜀两家联盟又联姻，实际却是想诓其过江作为人质，以换荆州。此计被孔明识破，借乔国老之手取悦孙权之母吴氏，并在北固山顶甘露寺相亲，弄假成真。刘备婚后，缠绵于儿女情长，不思回转荆州，赵子龙便用诸葛孔明所付锦囊之计，诈称曹操突袭荆州，孙尚香决定离开故土亲人，随夫君同回荆州，周瑜遣将追截，被孙尚香斥退。于是就有了这边厢诸葛亮锦囊生妙计，刘备抱得美人归；于是就有了那边厢周郎妙计安天下，赔了夫人又折兵……

就像西方童话里“王子与公主过上了幸福生活”的结局那样，人们总是不忍心再去窥觑这皆大欢喜之后的延续。习惯了以刘皇叔为正朔的中国百姓们对于这个“团圆”的结局是非常满意的。但是真正的故事到这里并没有真的完结。漫步在山间的东吴故道，刚刚还在并马偕行、劈石为誓的刘备与孙权，转身就貌合神离，各自为战了。孙尚香随刘备回转荆州后不久，就被孙权以母亲生病为由骗回江东，之后就再也没能回到刘备身边。孙刘联盟破裂后，刘备死在了白帝城，孙尚香闻知后悲痛不已，登上北固山，在北固亭内设奠遥祭夫君，之后投江自尽！

三国时期是个洪波涌起的乱世，在枭雄们的眼中，只看得到江山、权力与金钱，所谓亲情、友情抑或爱情，都是可以用来交换或出卖的。刘备也好，孙权也罢，还有曹操，生前你来我往，苦心经营，争得昏天暗地，不可开交，死后却都被司马氏一统了天下。有时候，历史就像一个爱搞恶作剧的孩子，和你开一个玩笑，真让你哭笑不得。

## 3

就在孙尚香飞身一跃的九百年后，北固亭前来了一位白发苍苍的老者，他步履蹒跚地拾阶而上，饱含深情地凝视着远方。他也在遥祭，遥祭着北国的一片大好河山和父老乡亲。他奋力挥毫，写下了“何处望神州？满眼风光北固楼。千古兴亡多少事？悠悠。不尽长江滚滚流……”，字里行间，喷薄出一腔悲怆。这个人就是辛弃疾，那一年是公元 1205 年，他已经六十五岁了。

辛弃疾在前一年被朝廷起用为镇江知府。从赋闲多年到一下子被派到了抗金前线，年迈的诗人老骥伏枥，壮志不已，然而精力和身体都已大不如前。他站在北固山巅，俯瞰长江天堑，这里是前朝宰相王安石那千古绝唱中“春风又绿江南岸”的一畔，只不过诗句中的另一畔早已沦为金人的土地。

辛弃疾一定会想到这首诗的下一句——“明月何时照我还”，或许他也会情不自禁地自问。他的家乡就在北方的山东，在诗人出生前的十多年就已被金人占领。成年后的辛弃疾不愿意在敌人的统治下生活，千辛万苦跑到南宋，想尽自己的力量助朝廷恢复河山，然而一晃三十多年过去了，依然壮志未酬，何时才能衣锦还乡？

辛弃疾摸了摸腰间的宝剑——自从李白之后，再也没有佩剑的诗人了。这把剑曾陪伴着他在沦陷区内组织武装，抗击金兵；这把剑曾陪伴着他以五十骑劫袭金营，活捉叛徒张安国，交到朝廷让其伏法。洪迈的《稼轩记》里记载“壮声英概，懦士为之兴起，圣天子一见三叹息”。辛弃疾投奔了“一见三叹息”的南宋天子，并奉上了自己呕心沥血写就的抗金纲略《美芹十论》，然而无论是忍辱求和的宋高宗还是锐意进取的宋孝宗似乎都对他的建议不感兴趣，只是授给他一些远离前线的地方官职，或者甚至只是太府寺少卿这种管理皇宫祭祀和香火钱的闲官。即便如此，也是隔上一年半载就把他调离他处或者贬职，甚至长达二十年不曾起用！

我们不妨摘取一部分辛弃疾的履历来看一下他“折腾”的后半生：

三十八岁那年被宋孝宗封为大理少卿。

三十九岁被任命为湖北转运副使，赴武昌上任；同年，又被调任潭州知府兼湖南安抚使。

紧接着又调任为隆兴知府兼江西安抚使。在湖北、湖南、江西转一圈后，四十一岁的辛弃疾又被调任两浙西路提刑，尚未到任就被削职为民了。

整整十年之后，五十一岁的诗人被起用为福州提刑，一年后做太府寺少卿，就是那个管理皇宫祭祀和香火的官。

五十三岁任福建安抚使兼福州知府。

五十四岁那年被降职为秘阁修撰。

五十五岁第二次被削职为民，这一待又是七年，直到韩侂胄起用主战派人士，已经六十四岁的辛弃疾被任命为绍兴知府兼浙东安抚使，这才得以来到前线。

辛弃疾或许也一直在郁闷，自己的境遇为什么如此坎坷？二十二岁之前，在沦陷区里，在无政府组织的局面下，自己抗金能够大展身手，痛快淋漓，而自从二十二岁带部回归朝廷之后，却变得束手束脚，离自己心中的抗金大业渐行渐远。几任皇帝都欣赏他，却不理解他。同僚们都羡慕他，却又群起而参毁他。贪污、淫乱、嗜杀成性……一个又一个的罪名飞到辛弃疾的头上。一心怀有复土兴邦之志的诗人，只有把更多的精力用在应付这些内耗之上了。

年老的诗人立在长江岸边，北望故土，这应该是他最后一次为国效命了。回首四十年戎马诗书的时光，时过境迁，不由得唏嘘起“千古江山，英雄无觅孙仲谋处。舞榭歌台，风流总被雨打风吹去……”斜阳草树下的寻常巷陌，哪里还藏着当年金戈铁马、万里如虎的英雄气息？辛弃疾或许还不知道，过不了多久，他将又一次被排挤出朝廷。而就在两年后，这位“道‘男儿到死心如铁’。看试手，补天裂”的将军词人便在郁郁中黯然去世了。

## 4

“醉里挑灯看剑，梦回吹角连营。八百里分麾下炙，五十弦翻塞外声，沙场秋点兵。”这是辛弃疾回归南宋之后一直梦寐以求的理想，也曾经近在咫尺，终究还是没有实现。而就在他登临北固山望江而叹的几十年前，在离此不远的金山，已经有人替他擂响了抗金复国的隆隆鼓声。

出乎意料的，擂鼓之人竟是一名女子。

在宋朝的军队里，我们可以看到有老、有弱、有病、有残，却还从没见过这般英姿貌美的女人。她叫梁红玉，是韩世忠将军的小妾，夫唱妇随，她亲自为自己的丈夫擂鼓助威，并且由于居高临下，可以很清楚地洞察到金军的动向，她用旗语向丈夫通报战局，韩世忠则带领着八千子弟在妻子的鼓声和旗语下一阵冲杀，利用对水性的熟稔和对周边地理环境的了然于胸，将十万金国的旱鸭子打得晕头转向，落荒而逃。在水乡泽国围击了金军七七四十九天，差点儿生擒了金军的主帅完颜宗弼，也就是我们评书话本里常提到的那个金兀术。

金宋交兵史上痛快淋漓的胜仗着实不多，而这一仗在金山以少胜多，打得荡气回肠，不仅将侵略者打退，更重要的是还把他们企图吞并南宋的野心击得粉碎。在此后的一段时间里，完颜宗弼再一想到中国的南方就会不由自主地一阵寒噤，宋金之间进入了难得的和平时期。

一直很羡慕韩世忠，乱世之中，身边能有这样一位红颜知己与自己生死与共，不离不弃，是何等的幸福。就是这样一对为大宋出生入死、浴血奋战的夫妻，他们的后半生却很惨淡。宋金局势暂时平稳之后，宋高宗赵构忌惮这些功高盖主的武将会有反心，企图一个一个对他们下手。韩世忠察觉到了不妙，主动上表剖析心迹，并且放弃了一切职权，与梁红玉归隐西湖。

从此，他们过起了闭门谢客不问军政的生活，每天养养花、练练字，在西湖边上遛遛弯，大老粗出身的韩世忠还学起了吟诗作对。这种日子是那些苟安的文人士大夫最喜欢的，而对于一名志在安邦的将军而言，没有兵带、没有仗打的折磨恐怕只有他自己才能体会了。

这是宋高宗统治后期的事。那时节，岳飞被害、韩世忠隐退、秦桧为相在朝中呼风唤雨，排除异己。这样的南宋朝廷，不想亡国恐怕也是很难的吧！

## 5

几乎就在此时，在金山之上，还发生了另一场斗争，而这场斗争则更具传奇色彩，在中国百姓中的知名度和影响力也大大超越了“梁红玉击鼓战金山”，而主角仍然是一个“女人”，这就是“白娘子水漫金山寺”。

《白蛇传》是中国四大民间传说之一，在中国妇孺皆知。“水漫金山”就发生在镇江，可以说是整部故事的高潮了。法海将许仙留在金山寺，白娘子前来寻夫，两个人的矛盾达到了极点。青、白二蛇引来三江水欲灌金山寺，法海施法力，水涨庙涨，寺庙安然无恙，却害苦了山下的百姓，一场洪水，几十万生灵惨遭涂炭。

按照常理，作为这场灾难的始作俑者，白娘子理应受到民众的谴责。然而，我曾说过中国的百姓是最善良、最宽容的，他们非但没有责怪白娘子，反而把发自内心的同情抛向了这条知恩图报并且勇于追求爱情的白蛇，而把世上最恶毒的诅咒全砸向了那个多管闲事的法海。从民间故事最终对这两个人结局的安排上就可见一斑：白娘子被镇雷峰塔十八年后，儿子许仕林中了状元祭塔救母，合家团圆，而法海则落得个躲到螃蟹壳里永世不敢出来的下场。

这位在民间传说中后半生躲在螃蟹壳里度日的法海，历史上确有其人，而且还真的是一位得道的高僧，金山寺的兴盛与他有着直接的关系。他是唐朝宰相裴休的儿子，少年时入道佛门，取号法海。当法海初到金山寺的时候，这座始建于东晋的寺庙早已破烂得不成样子，是他四处化缘，开山种田，将金山寺打理成江南名刹。至今在金山上还有个法海洞，那就是当年他居住和修行的地方。据传说这个洞的一头在镇江金山寺，另一头则可以通到杭州西湖之下。怀着十二分的好奇和兴奋随着人流涌进洞中，谁知深深浅浅走了不过十几米便没有了去路，只得折身而返，不禁讪笑，看来传说还真是“害人不浅”啊。

离金山寺往西不远处，有一眼中冷泉，当年“茶圣”陆羽评此泉为天下第一，泉旁有座芙蓉楼，和高僧法海同一个朝代的诗人王昌龄曾在这里别友远行的时候写下了“洛阳亲友如相问，一片冰心在玉壶”的诗句。现在看来，这“一片冰心在玉壶”的自白送给这位法海大师却也再合适不过，让他蒙受了上千年的不白之冤，不争不辩，不嗔不怒，着实让我们有些过意不去。

## 6

走过了北固山和金山，焦山的炮声也在耳边响起来了。

那已是1842年的事情了。英国人此前用鸦片打开了中国的市场，用枪炮击碎了我们的国土，由于清政府的迂腐和懦弱，他们几乎没有受到多少抵抗和威胁。一路势如破竹，连连获胜，特别具有讽刺意味的是，在这场已经进行了三年的战争中，英国人由于水土不服和染瘟疫而死的人数反而大大多于战死的人数。

然而在镇江，英国人遭到了意想不到地抵抗。焦山的炮台和冲膛而出的炮弹交织成一道江上长城，一千六百多名镇江军民守卫在焦山之上，以少打多，以弱击强，给英军以前所未有的打击。然而终究已不再是梁红玉擂鼓战金山的时代了，在英军八十多艘战舰的强大火力下，这一仗最终还是寡不敌众，全部捐躯了。

英军在攻城的时候同样受到了顽强的阻击，即便在城破之后，镇江人仍然与侵略者们进行了肉搏式的巷战。英国人在镇江所遭受的伤亡竟然超过了三年来在其他地方的总和，难怪连恩格斯都要感慨了：如果这些侵略者到处都遭到像镇江军民这样的阻击，他们又怎么能够轻易得逞呢？！

一百五十多年过去了，当年英国驻镇江的领事馆被镇江人完好地保留下来，以史为鉴，这里记载着国家的羞辱和这座城市不屈的抗争。现在这里被修葺成了镇江博物馆，是我目前见到的国内最好的博物馆之一。

博物馆背靠云台山麓，拾级而上，可以眺望整个镇江老城。山麓一侧是西津古渡街，这条老街一直通往西津渡口。在中国的历史上，每到一个动荡的时期，大批的北方人都会在这里弃舟登岸，逃到江南，幽静的青石板路上顿时响起了一片慌乱的步点。

今天这里已成了旅游景点，有很多人来到镇江感受这座古城的风情，每到黄昏时分，两旁布满了悬铃木的街道上空，飘荡着锅盖面的香气和镇江香醋的酸味，不知道是否还能有人从中嗅出千百年来这座城池中固有的那一丝倔强与风骨……

## 中吴要辅名常州 //

### 1

从常州火车站出来，一直到来到天宁寺塔的脚下，天一直是沉沉的，潮湿的空气中没有一丝风，是江南这一带城市里典型的将雨未雨的阴霾天气。

然而，当我费尽周折地登上天宁寺塔顶层的时候，竟然神奇地开始刮起一阵凉风，习习而来，惹得塔檐下的铜铃叮当作响。阳光也从刚才还是厚闷的云层里投射出来，光芒之下，整个常州城便呈现在了我的面前。站在一百五十多米高的佛塔之上鸟瞰这座千年古城，云里雾间，仿佛有了一种羽化登仙的恍惚。

常州古称毗陵，所以这篇游记最初的名字我很想起成《毗陵怀古》，但如若真的叫这个名字，未免又有些文不应题了，至少是怀古怀错了地方，因为我脚下的这座天宁宝塔是2005年才刚刚落成的，实在算不得古。

并非像很多资料中谬误的那般，称天宁寺自古就是有寺无塔。天宁寺最初其实是有塔的，只是后来毁于一场火灾，再也没有重建。直到2001年，在现任方丈松纯和尚的努力下，常州市政府出资修起了这座天宁宝塔。或许是建得太高大了（世界最高的佛塔），或许是建得太富丽堂皇了（内部装潢得像一座博物馆），又或许是太现代了（装上了电梯），总之，让一些建筑学家和文物爱好者很是不爽，大加鞭挞。

其实此类诟病大可不必，莫非要修起一座破破烂烂的塔才算称心如意？况且，一座寺庙就如同一个人一般，要看其内在精神，而不是一副皮囊。天宁寺能够自唐而今一千三百年名扬海内外，堪称“东南第一丛林”，也绝非只是靠它的建筑和规模，而是在于它高僧辈出的名望和禅锋四布的光芒。

## 2

至少，这天宁寺高僧的厉害，乾隆皇帝是确确实实领教过的。

这位自命风流的清朝皇帝七下江南，有三次专门跑到天宁寺来降香礼佛。有一次礼佛完毕，他对陪同的方丈说：“看到天宁寺的盛状我很高兴啊，我得赐你们点儿什么呀，也没准备什么，就赐你们些吃的吧。”说着命人提上一个篮子来。老方丈一见是御赐，哪有不收之理，但是一翻开篮子愣住了，原来这“没准备什么”的赏赐竟然是一篮子煮熟了的鸡蛋。

众所周知，中国的佛教徒们只能吃素而戒荤，这鸡蛋也在不能吃的范围之内。乾隆皇帝研习佛法，自然懂得这个道理，可他偏偏给天宁寺出了这么一道难题，谁叫你是“三吴上游之胜”，谁叫你是“东南第一丛林”呢！乾隆皇帝一手背在身后，一手在胸前轻摇着纸扇，抬头佯装环顾四方，分明是一脸的坏笑。

方丈大师揭开篮布的手停在了空中几秒钟，那一瞬间，电光石火，在方丈的脑海里闪烁。接受？就是破戒。不接受，就是抗旨。破戒了，那天宁寺千年的声誉就此名声扫地。而抗旨，天宁寺眼前便有一场寺毁僧亡的血光之灾。

几秒钟后，老方丈放下了篮布，双手合十对乾隆言道：“皇上御驾亲临本寺，老衲也十分高兴啊，就让老衲先作一首诗吧，然后再接受皇上的御赐。”

哦？还有诗啊？乾隆收起了折扇，倒想看看这老和尚有什么花招儿，用扇子一点：“那你作吧，不过要快点儿哦！”

老方丈很从容地拿出一个煮鸡蛋，轻轻在篮子边上磕碎了蛋壳，一边剥着，一边朗声道：“皇上赐我一个桃，既无核来也无毛。老僧带你西天去，免在阳间受一刀！”之后，蛋壳也正好剥光，三口两口在众目睽睽之下吞了下去。

乾隆皇帝听得、看得目瞪口呆，片刻之间，自己精心设置的难题被这老和尚的一首打油诗就禅机翻转，迎刃而解了。他把鸡蛋说成无毛也无核的桃子，这一下就没有了破戒之嫌，接着又说如果蛋生了鸡，难免也要被吃被杀，那么痛苦，倒不如我先把你带到西天极乐世界吧，免得受苦了。这样一来，反而是在做善事了……乾隆哈哈大笑，天宁寺的高僧果然是厉害，服了，我服了！说着命人铺陈笔墨纸砚，信笔写下了“龙城象教”四个大字，今天就悬挂在天宁宝塔的大门上。

据说，由于这件事，乾隆皇帝特批天宁寺的僧人们从此可以吃鸡蛋而不算犯戒，如果在今天，你在天宁寺的素斋馆里看到天宁寺的和尚们正津津有味地嚼着鸡蛋，大可不必为此惊讶。

## 3

天宁寺的隔壁就是红梅公园，红梅公园内有一座嘉贤坊，嘉贤坊里归隐着一位大人物，我们若是想拜访一下这位大人物，就要一下子把时光拉回到两千六百多年以前。

春秋时期是个标准的乱世，割据在各地的诸侯国曾有一百四十余个。这里的乱，除了各国之间为了地盘和利益的战争之外，还有自己国家之内，君臣父子为了王位打打杀杀的纠缠。人们常说“最是无情帝王家”，季札就出生在这样一个王侯之家。他是吴王的四儿子，也是吴王最疼爱的一个儿子，吴王一度甚至想废掉王位传给嫡长子的规矩而直接传给季札，而他的三个哥哥也表示同意，但是季札坚辞不受，表示不能坏了这个规矩，一个人跑到了现在的常州隐居起来，躬耕于野。

后来他的三个哥哥先后做了吴王，又几次三番要把王位传给更有治国能力的季札，但都被他很干脆地拒绝了。季札就是不愿和哥哥争这个王位，死活都不再进国都一步。哥哥们无奈，只好就把延陵（当时的常州一带）封给了季札，季札于是在此安安稳稳地带领着当地人开荒生产、读书识字。后来他的三个哥哥先后故去了，他的侄子们为了王位兵刃相见，血流成河，季札这才回到国都平复局面，待国局稳定下来之后，他依然回到了常州继续过他平淡的日子。

小隐隐于野，大隐隐于朝。季札不争、仁厚的君子风范折服了天下万民，不仅是当时，哪怕是两千六百年后的今天依然在流传不息，被后世的常州人尊为自己的精神始祖，他也成了常州第一张光闪闪的名片。若是把常州比作一篇文章的话，季札无疑为这篇锦绣华章开了一个精彩的头，他的影响一代一代传承下来，也无怪乎后世一位又一位的文人雅士、谦谦君子从常州这座舞台上款款走出。

## 4

从“延陵世泽，让国家风”的嘉贤坊出来，一抬头，便看到了文笔塔。

这座塔始建于南朝，据常州的老人们讲，常州之所以文气兴盛才子辈出，全靠着这座文笔塔镇着这一方文脉。我不知道这算风水还是迷信，但事实确实如此。自科举以来，常州获得进士功名的一共有一千九百四十七人，其中状元十六人、榜眼十一人、探花十六人。抛开八股功名不看，我们来看下面这一组名单——

《昭明文选》的编者萧统、《永乐大典》的都总裁陈济、《四库全书》的编纂庄存与、清朝的大训诂学家段玉裁和常州词派的掌门人张惠言都是常州人，再往近处看，中国共产党的早期领导人瞿秋白、书画泰斗刘海粟、大数学家华罗庚、乱针绣的创始人杨守玉均是土生土长的常州人……

呵，说到这儿的时候我真不由得倒吸一口冷气，怪不得龚自珍当年要感慨道“天下名士有部落，东南无与常匹俦”，若是没有常州，今日中国将会少了多少国学典籍和诗情画意呀！

花五元钱可以登塔，我小心翼翼地扶着旋梯拾级而上，也想沾沾这文笔塔的文气。据说若是有人登塔时塔的上空出现了祥云，则预示着此人将来必是可以高中三甲的才子。谁知我刚登得塔来，就风云大变，刚才短暂的阳光又被阴霾所遮，忽而狂风大作，雨点急骤，打在树叶上面噼啪作响。我蜷缩在塔内，风雨之中，忽地又想起了一张面孔，那么的清晰，与常州、与常州的文脉有着不解之缘。于是决定立即下塔去拜访他——吟着他曾经吟过的“莫听穿林打叶声，何妨吟笑且徐行”冒着风雨去拜访他。

是的，苏东坡，又是他。

## 5

从文笔塔出来，向左行上两三里，就到了运河边，那里有一座东坡公园。当我走到那里的时候，风停雨住，大门正向我敞开。

中国的文人，身子骨一般说来都不太强壮，一边吐血一边赏梅是常有的事，然而他们的精神生命力却往往超常的强健与顽强，这也让他们经常能成就与自己身体不成比例的事迹。就如我们将要拜访的这位苏大学士，如果你展开一张北宋时期的地图，就会惊讶地发现，当时能够到达的疆域几乎都留下了他的足迹和笔墨：年少时从家乡四川眉山出发到首都开封求仕，接着开始平生的第一份工作到陕西凤翔做判官，接下来又去了浙江杭州、山东密州、江苏徐州，后来在湖州任上发生了众所周知的“乌台诗案”，被贬到了湖北黄州。在黄州过了四年苦中作乐的日子之后，苏轼向朝廷申请到常州定居，那一年他五十岁，正是知天命的年纪，他就此打算在常州终老残生，颐养天年了。朝廷暂时同意了他的请求，但没过多久就反悔了，政坛正是拨乱反正、需要用人的时候，于是苏轼的身影又开始行走在开封到山东登州、浙江杭州、安徽颍州、江苏扬州和河北定州之间，马不停蹄地奔波中不知道有没有或远或近、或多或少地眷顾几眼他的常州。

终老常州的愿望似乎离他愈行愈远了，在公元1094年，苏轼将近六十岁的时候，他的“故交”章惇登台拜相，第一件事就是以一个莫须有的“讽刺前朝”的罪名把苏轼一贬再贬。从广东的英州到惠州，最后干脆漂洋过海贬到了海南儋州。这一下真的到了天涯海角了，当权的那些宵小在昏暗的油灯下指着面前华夏地图上南得不能再南的那一隅，抬起头彼此间露出阴险的笑容。

然而，苏轼顽强的精神力却支持着他过得从容不迫，写诗、著书、酿酒、制墨，就在他做好了准备老死海南的时候，公元1100年，宋徽宗登基大赦天下，苏轼回归内陆的大门轰地又重新打开了。

去哪里？自然是常州！

当载着苏轼的船行到这段运河的水面时，全常州城的百姓都出来了，那一天就像过节一般，他们在岸边张灯结彩，欢声雷动，呼喊着诗人的名字。后来，他们在苏轼泊舟休憩的地方修起了一座舣舟亭，让后世的子孙们永远都能记住那一天的热闹。天下第一才子终老于文士荟萃之乡，在常州人看来、在我看来，理所应当，实至名归。

## 6

千年的常州城还残留着不少老巷子，从名字上就能一目了然地知道它们当年的职能以及猜想出当年的情景，比如青果巷，比如织机坊，再比如蔬菜弄……这些老巷子里最远近闻名的一条，是篦箕巷。

连远在京城的我们都熟知那一句“扬州胭脂苏州花，常州梳篦第一家”，常州的梳篦在古时是皇家的御用贡品，在近代获得过国际大奖，一把把精致的木梳成为常州的又一套名片。我去寻找篦箕巷，原本以为它会像南京夫子庙、苏州观前街那般繁华，然而遍寻之后，我站在了一条破败的老街面前，巷子不长，两旁净是出售梳篦的店铺，大多是国营的。我到的时候天色将晚，不见行人和游客，很多铺子已经开始打烊关门了，昏暗的灯光下，只有一位老奶奶还在角落里独守着摊子。我走过去，细细地翻看，老人家并没有上来兜售和推销，依旧默默地坐在那里，任由我去挑选。最后，十几把梳篦只要了我一百元钱，着实便宜得紧。

转过身，已是暮色，独行在寥落衰败的街巷，千年的古味越来越重。尽头有一座碑亭，上面写着三个大字：毗陵驿。翻开《红楼梦》的最后一回，正文中有这样一段：“一日，行到毗陵驿地方，那天乍寒，下雪，泊到一个清净去处……”正是宝玉拜别贾政飘然而去的地方。由来同一梦，休笑世人痴，《红楼梦》就此完结，高鹗将这部鸿篇巨制的句号点在了常州，不知道是否遂了雪芹先生的心愿？昔日的明朝驿站，人马劳碌早已不见，繁华零落如梦一场，岁月恰似常州那最负盛名的梳篦一般篦去前尘旧事，只留下一块石碑，背后一条运河，身畔一座老街。

## 7

常州完全进入了夜色，秋雨又淅淅沥沥地飘落下来。走出篦箕巷，沿着运河行不多远，影影绰绰就看到西瀛门的城墙。登上城墙，有一座诗碑，上面刻的是明朝才子浦源的《西城晚眺》，其中有“官柳犹遮旧女墙，角声孤起送斜阳……寒烟带愁离塞远，暮江流恨入云长”的佳句（原作中，“官柳”为“宫柳”，“寒烟”为“寒雁”）。我来晚了，错过了夕阳映古城，暮江入云长的美景。不过眼前河水平稳，静静流淌，两岸烟水迷离中亮起万家灯火，竟让我不禁把张若虚的“不知江月待何人，但见长江送流水”念出了声，只不过，今晚常州的月亮未在天上，在我的心上。

西瀛门城墙是常州目前唯一现存的古城墙，手扶在垛口上，发现大多数的城砖都还是崭新的，因为这段遗址其实是前几年刚刚修缮完的。为此还是引来了不少人的不满和牢骚，认为这是假古董，不值一文。我不知道该说什么，我只知道重修总比不修强，有总比没有强。中国五千年的文明之所以没有断代，就是因为这一朝又一朝的修补，一朝又一朝的重建，一朝又一朝的传承。在我们身边，总有这么一群人无处不在地展示他们“高明”的姿态，可在我看来，只念着古的好、旧的好，恨不得一灰一尘都不能动的人是“遗老遗少”，只知道批评这、谩骂那，只破不立的是“文化愤青”，只有保护、修补、传承的人才是真正懂得中华文化、真正爱中华文化的有识之士。

## 8

雨中的城墙上只有两个人，我和角落里的一位老者。老者像我一样没有打伞，静静地站在那里。或许是他观察了我半晌，也或许是这城墙上很少有本地人来吧，他慢慢地踱过来，带着浓重的常州口音问道：“怎么，来常州玩啊？”

我答：“是的，来玩。”

“常州有什么好玩的！”他似乎很随意地接了一句。

“有啊！”我掰着手指头，一件一件对他讲，“常州有高僧、有隐士、有文人、有君子……”

“是的呀，是的呀！”老者听了，像个孩子似的，脸上展开了笑意，重重地说道，“三吴重镇，八邑名都哟！”他又怕我听不懂他的话，用手指比画着。

我们相视一笑，又恢复了沉默。

待我要离开的时候，老者突然又在背后叫住我：“小伙子，淹城有没有去？三千年的历史哦！”他三个手指久久地停在空中，充满了骄傲。

在常州的一天，我所看到、得到的内容已很难用这几个小时的时间概念来盛下。我带着常州老者的骄傲登上了回南京的火车，现代的交通工具可以把时间和空间大大地压缩，但文化吐露出的醇香依然浓重而深沉。

一个小时后，我已经站在了南京的土地上，出站第一眼看到的，依然是熟悉的玄武湖。雨已经完全停了，月光已经由我的心上重新移回到了天上，洒播在静谧的湖面上，我深深地呼了一口气，名副其实地接上张若虚的那后半句：“此时相望不相闻，愿逐月华流照君。”

## 浓花淡柳念钱塘 //

### 1

我走过苏小小墓的时候，正是暮色四合。晚霞粲然，不远处，宝石山上保俶塔的影子在黄昏最后的余晖中倾城而立。西湖有风，水光潋滟，旁边就是西泠桥，游人如织，一如当年的繁华热闹。

于是，时光定格在了一千五百年前的桥上，一场黄昏雨后，一驾光亮的油壁车中坐着一位年轻的女子缓缓驶上西泠桥，女子俏皮地挑开一旁的窗帘，贪婪地赏着西湖的暮色。迎面走来一位风度翩翩的少年，眉宇间却锁着一副落寞的神色。两个人擦肩而过，那一刹那，电光石火，四目相对。片刻后，女子叫停了车子，从香车上跳下，那少年也止住了脚步，转过身来。两个人，相看俨然。

女子眼光流波，先开了口：“敢问公子大名？”

少年仍痴茶于这惊鸿一瞥，停顿了半晌才忙答道：“在下，在下鲍仁。”

女子见此情景，更是笑意盈盈：“鲍公子去往何处？”

少年答道：“欲往金陵城赶考。”

“能高中否？”

“自是榜上有名！”少年又恢复了自信的神采。

“却为何又见你愁眉暗锁，步履踌躇呢？”

“这……唉，不瞒姑娘，只因家境贫寒，盘缠不多，现已无有去金陵的路费了，正为此事烦恼。”

“这好办！”女子转过身，轻盈地跳上香车，从里面抱出一个丝绸的包裹，递到少年面前，“喏，这里面有一些首饰和碎银子，大概值个百八十两吧，你拿去做盘缠，别误了考试！”

“这怎么成！”少年惊得倒退了两步，连忙摆手，“使不得，使不得！我们素昧平生，我怎么能平白拿姑娘你的银两！”

“哎呀，你不要啰唆啦！”女子蹙了一下眉，脸庞却显得更加俊俏，“我刚才见你气度不凡，想来一定才华横溢，必不是久居人下之人。我这也是下一个赌注，来测一测我的眼光如何。我就在这西泠桥等你，如果你真的高中了，一定要记得回来，到那时我再为你摆一桌酒宴接风。如果没中……你也要回来，我仍在这里等你……”女子说这话时脸微微地红了，艳若桃李。

少年接过沉甸甸的包裹，满怀感激：“不知姑娘如何称呼呢？”

“钱塘苏小小。”女子看着少年，“你要记得我的名字，你要记得这个地方，你要记得高中回来……”

“记得，记得，记得！”少年长揖到底，谢罢姑娘，转身而去。

十六岁的苏小小站在西泠桥头，望着黄昏中这么一个远去的背影，心如湖水波荡。正如她所说的，这是她人生中的一次赌注，也是她最后一次对爱情的下注。多半人都会猜得到结局，鲍仁公子一去之后，杳如黄鹤，再也没有了消息。苏小小等了一年又一年，终于没有熬过第三个年头的春天，在十九岁的青春华年咯血而死。临终前，想必她的眼睛里所流盼的是一种期望与绝望交织的眼神吧。

或许真的是因为俗务不再缠身，或许是因为良心发现，此时已身为滑州刺史的鲍仁终于还是来了，但他得到的只是苏小小已经去世的消息。他抚棺痛哭，追悔不已，亲自购地造墓，就在他们相遇的西泠桥头。

“妾乘油壁车，郎骑青骢马。何处结同心，西陵松柏下。”手握着苏小小的诗稿，这个男人久久立在墓前，喃喃自语：“我记得你的名字，我记得这个地方，我记得回来找你。但是，你却已经不在了……”

## 2

苏小小墓从此成为融进杭城山水中的一道风景，她的故事在西湖的上空久久传唱，引得后世许多的文人雅士特地慕名而来。这些风流不羁的才子最是可爱，来到墓前，谈谈诗词，认认乡亲，三杯两盏淡酒，再对着坟冢诉一番衷肠，仿佛不能与佳人相遇于同世，便做一场隔世的知音。在这些来来往往的文人中，便出现了白居易的身影。

白居易到杭州做刺史的那一年已经五十一岁，实在不算年轻了。但他却是高唱着“若解多情寻小小，绿杨深处是苏家”，步履轻盈地走到苏小小墓前，真是一番“老夫聊发少年狂”了。

白居易是个好官，到了杭州之后，雷厉风行，苦心经营，先是疏浚了六井，解决了杭州人的饮水问题，接着又围湖治理，在钱塘门外修起了一座白堤，解决了湖患和农田灌溉的问题。他还从自己的俸禄中拿出大部分钱财，设立了西湖基金，用于后世继任者继续疏浚西湖，长治久安。这几件事在不到两年的时间里办得干脆漂亮，令史官拍案叫绝。

在政务之余，作为文人的白居易自然不会放过眼前的这一片好湖山，游山玩水，吟诗作对，一样也不曾少。当白居易任满离开杭州的时候，全城的老百姓扶老携幼，提着食盒和酒壶，夹道相送，泪眼相别，异常感人，那场景，在中国上千年的官场上，着实不多。

白居易爱杭州的这份心情是发自肺腑的，他一生仕途坎坷，从中央到地方，再从地方到中央，走过了不少的郡县，在他晚年于洛阳半仕半隐的时候曾给朋友写过这样一封信：“官历二十政，宦游三十秋。江山与风月，最忆是杭州。”算是给自己的一世漂泊生涯盖棺定论了。

## 3

时光如杭城上空的浮云，岁月在西湖水中氤氲。在白居易的身影还没有完全淡出人们视野的时候，西湖畔又一位令杭州人世代难忘的人物正款款走来，他就是苏东坡。

苏东坡曾两次出任杭州：一次是在他三十六岁的时候，因为与王安石的新党政见不同，受到排挤，于是自请外任杭州；另一次是在二十年后，新党倒台，旧党重新执政，当年饱受王安石打压的苏轼被调回了中央。可是苏轼又反对旧党矫枉过正的行为，认为王安石的新法中也有不少确实可行的方法，是值得肯定和继承的。他这一行为又惹恼了旧党的当权者，于是又开始了新一轮对苏轼的排挤。心灰意懒之下，五十四岁的苏东坡第二次自请外任来到了杭州。

宦海沉浮，世态炎凉。杭州，一再成了苏东坡这个在政坛上“姥姥不疼，舅舅不爱”的倒霉蛋的避风港。这是苏轼之幸，也是杭城之幸，让这座人间天堂又多了一抹传奇的色彩。

同白居易“山寺月中寻桂子，郡亭枕上看潮头”一样，苏东坡也在以一种文人士大夫的眼光和审美在经营着他的杭州。任何一件枯燥的政事和措施在他的手下似乎都带有了几分诗的美意和词的雅致。由于水灾，他主持修浚西湖，兴修水利，用从西湖里挖出来的葑草和淤泥，修筑了一条长达三公里、贯穿南北湖面的长堤，这便是著名的苏堤。

“苏公当年曾筑此，不为游观为民耳”，后世的杭州人提到苏堤都如是说。它不仅仅有着实实在在的造福民众的功能，多年以后直到今天还成了一道不可磨灭的风景，苏堤春晓成了西湖十景之首，这不得不说是大师与众不同的魅力所在。同样的，还有一件事情，或许也是无心插柳吧，值得莞尔。当年西湖里有很多人家种了菱藕，苏东坡疏浚西湖之后，为了防止湖泥再度淤积，于是在湖中建了三座石塔，本意是严令规定三塔之内不得种藕。这规定不知是从何时废止的，但是这三座石塔倒是流传下来，成了今天人们争先目睹西湖十景之一的三潭印月。

## 4

杭城天生丽质，钱塘自古繁华。到了宋朝，这种美发展到了极致，就如同一位少女，正值豆蔻年纪。无愧于柳三变词中填的那般“重湖叠巘清嘉，有三秋桂子，十里荷花……”，也无怪乎让金主完颜亮有了“投鞭渡江之志”，准备“立马吴山第一峰”，从此江湖不再平静。

宋室的皇族们狼狈地逃到了杭州，作为新的国都，定名临安，昭示天下这里只是临时的安稳，我们早晚还会打回去北上复国的。这其实只算得上是一个天大的文字游戏而已，南宋的皇族们、士大夫们不过是只想偏安一隅，后半辈子还能继续过上当初那种奢靡的生活。翻开那段岁月，除了山河零乱、民生凋敝以外，看看那时的文学、绘画、瓷器、饮食以及生活方式，靡靡得很，哪里有一点儿励精图治的影子？

在这种情况下，在朝堂中高喊着“战斗！战斗！”的岳飞自然成了一个不合时宜的人物，就如同在一片莺歌燕舞的江南丝竹声中突然响起了一阵雄壮而急促的鼓声，是那么刺人耳膜。纵然这位背上刺着“精忠报国”的男子是多么的壮志凌云、多么的骁勇善战，但是千斤重的江山抵不上那几道四两沉的金牌，“待从头、收拾旧山河”的一片热忱抵不上有些人三五年“山外青山楼外楼”的快活日子。“三十功名尘与土，八千里路云和月”，能写出这样壮怀句子的人却没有得到一个正如这词牌名那般灿烂的结局。

有一首古筝曲子，名字就叫《临安遗恨》，我的一位朋友在一次全国古筝大赛上弹到情深，泪流满面，而台下也已是一片泪光盈盈。这一段恨，穿越时空交错，今天的我们依然可以清楚地理解和感同身受，却不知当时的那些人为什么能够漠然而熟视无睹。

岳飞的坟墓就立在西湖北岸的岳庙之内，每日里，来自全国各地的祭拜者不断。在植满了香樟树的岳庙的最后一进院子，我见到一块高大的石碑，上面刻着：文官不爱钱，武官不惜死，不患天下不太平。这话是岳飞说的，不过在他那个时代能够做到这一点的人又有几个呢？所以说，岳飞是孤独的，绝世而独立，也难怪他总是会在夜深人静的时候一个人起来独自徘徊而喃喃自语“欲将心事付瑶琴。知音少，弦断有谁听”了。

## 5

站在雷峰塔的顶层，眼前是黄昏的西湖和苏堤，余晖斜斜地洒在塔身之上，渲染成一片淡淡的金黄色，这便是著名的“雷峰夕照”了。我想，任由是谁登上这雷峰塔，都会不由自主地想到白娘子吧。我用尽浑身的力气眺望西湖那一畔的断桥，故事是从那一端蓦然开始的，又在这一端戛然而止，中间是一个西湖和一段延续了千年的爱恨情仇。

故事的本身已无须赘述了，中国人有哪一个不知道许仙，不知道白蛇，不知道断桥会、盗仙草和水漫金山的呢？人们对于白娘子被法海压在雷峰塔下耿耿于怀，在1924年的夏天，破旧不堪的雷峰塔终于轰然倒塌，惹得当时一班文人高声叫好，拍手称快，认为白娘子终于可以出塔与她的相公相会了。殊不知即便真的有白蛇，此时也已不在塔下压着了。白素贞被镇雷峰塔下十八年后，她的儿子许仕林功成名就，中了状元，状元郎衣锦荣归，还乡祭塔，迎出了娘亲，于是一家三口又重享天伦。这是故事最初的结局，也是最令我们欢喜的结局，中国人终究是善良的，人的一生已经有太多的苦难了，谁都希望能看到一个大团圆的结局，只要是两情相悦、真心相待，是人是妖又有什么要紧呢。

当年雷峰塔倒塌时残留下来的塔基和古塔遗址至今还被原封原

样地保留着，就在今日新雷峰塔的地下展厅里。泥土杂乱，砖石斑驳，仿佛耳畔还能听到当年灰飞烟灭时轰隆隆的巨响。

余秋雨先生当年写《西湖梦》的时候说他“还欠西湖一笔宿债，是至今未到雷峰塔废墟去看看。据说很不好看，但总要去看一次”。不知道这么多年过去了，余先生的这个心愿有没有实现，其实也无所谓谈论好看与不好看，在历史面前，我们终是渺小卑微的，不是我们在看塔，而是塔在看我们。

## 6

河坊街是杭州城里最老的一条街道，走在上面，总会让人不由自主地放缓了脚步，仿佛这里的时间总是比别处要慢了许多似的。许多百年老店和建筑依稀还在，又陆陆续续开了不少杭州当地特色的小铺面林立街边，熙来攘往的，颇有些当年的风采了。

这条街上的中药铺子特别多，而且大多都是有些年头的老店，像什么保和堂、同仁堂、回春堂，要说规模最大、气势最足、人气最旺的，自然得数胡庆余堂了。从中河路这一端走过来，刚刚步入河坊街，就会遥遥地看到远处的整面墙壁上，白底黑字地写着“胡庆余堂国药号”七个醒目的大字。这一片当年耗资了三十万两白银建起来的徽派建筑今日依然在原址上屹立不倒，前厅依然在正常营业，后院则已经辟为了中医药博物馆。

跨进胡庆余堂的大门，扑面而来的是一股浓浓的中药的香气。

药香不同于花香，更不同于女人身上的香水香，莫名地就给人一种踏实和安全感，身有微恙的人，闻到这种味道，药未入口，先入了心，恐怕病先好了三分。中国的医学真是博大精深，动物、植物、矿物，桩桩皆可入药，而且各主其症，真是神奇得不得了，难怪那些老外要把中医唬成“巫术”了，这个中奥秘尔等蛮夷又岂能知晓。且不从药效药理上说了，光是这些味中药的名字，像什么红花、当归、佩兰、天南星、仙鹤草、苍耳子等，听上去就像词牌的名字，透着浓郁的中国文化范儿。

这家胡庆余堂的主人胡雪岩这些年来成了人们热衷于追捧和研究的对象。远的如台湾的高阳先生，近的如著名的历史小说家二月河，都为他作了长篇的传记，而书肆里各种各样的“胡雪岩经商之道”的集子都摆在畅销书的架子前。这样一位具有传奇色彩的人物，确实很吸引人们的眼光，从最初一无所有，只是杭州城里钱庄跑街的小伙计，一步一步发展成了既是官又是商，富甲天下的“红顶商人”，胡雪岩传奇般的一生，让我们这些今日还在庸庸碌碌的平头小民有了编织梦想的动力。

胡雪岩在鼎盛的时期，生意涉及了钱庄、丝绸、茶叶、粮食、国药甚至军火，利润达千万以上。他在离胡庆余堂不远的元宝街花巨资盖了一所宅子，号称“中国第一宅”，供他和他数不清的妻妾们居住，亭台楼阁，水榭通幽，奢华到了极致。古语有云：“富不过三代。”可胡雪岩的宅子盖好没多少年，就因为在与外国人的生丝交易竞争中一步走错，全盘皆输。胡家破产了，妻妾各自逃散，房产易了主人，胡雪岩也在无奈中郁郁而终。四十多年的风光无限最终还是落得一场空，真是应了孔尚任《桃花扇》里唱的那般“眼见他起高楼，眼见他宴宾客，眼见他楼塌了……”想来令人不胜叹惋。

## 7

杭州到底是一座什么样的城市？在杭州的那几日里我一直在想，这个问题回到北京之后我依然在想，只是答案还是遍寻不到。

因为杭州实在是一座太神奇的城市了，在这里，出门七步是红尘，有着数不清的街市巷弄、茶馆、咖啡厅，你大可以追寻一段浪漫的感情或者是家国大业；同样的，退后一步又是一番别样的生活，你也可以古寺梵钟，也可以梅妻鹤子，或者在西湖岸边，叮叮当当，刻几方印章，聊以度日。

这一次在西泠印社里看到了一方清代杭州篆刻家陈鸿寿的闲章，题字是“浓花淡柳钱塘”，我和友人都异常喜欢，便决定效仿当年朱俞同游同记秦淮之趣，相约以“浓花淡柳念钱塘”为题各表一篇游记，这便也是本篇拙作起笔的原因。只是杭州可游可写可叹的实在太多，未免拾起这个，又漏了那个，永远不得周全，便只好讨个巧，以一句“杭州，是一篇永远未完的游记”来草草收笔了。

## 太湖明珠绝佳处 //

### 1

无锡城并不小。

之所以用了这么一个有些冒犯的题目，是因为让我想起了年少时学过的一首苏南民歌《无锡景》，里面的歌词唱道："小小无锡城呀，盘古到如今，东南西北共有四城门……"当时刚刚升到初中，音乐课上学了这首民歌，后来我们班还凭借这首歌一举进入了学校"红五月歌咏比赛"的决赛。

那一段时光，每到放学之后，一群十二三岁的孩子就会聚到音乐教室进行排练。班上没有一个同学去过无锡，辅导我们的音乐老师也没有去过无锡，大家只好聚在一起从歌词中一句一句寻找无锡的味道。光复门、鼋头渚、梅园、惠山、第二泉……一片又一片的断章拼凑出一幅完整的江南小城的风景。

那一段日子里，四十多个孩子心中最美的地方，恐怕就是无锡城了。

## 2

无锡的影子一直存在于年少的记忆中，就在那次歌咏比赛的十三年后，我终于踏上了无锡的土地，似曾相识的亲切感，让我仿佛是来赴一场恍如隔世的约。

当我站在了烟波浩渺的太湖岸边，望着波光粼粼的万顷碧波，即刻被纳入了一个博大的怀抱。遥遥地望见湖上有几座小岛和山峰若隐若现，那便是传说中的太湖仙岛了。

“忽闻海上有仙山，山在虚无缥缈间。”唐人白乐天的诗句放在这里是如此的妥帖不过，毫无夸张造作之嫌，倒仿佛就是为我眼前的这一片湖光山色度身定制似的。游人纷纷涌到码头，寻找渡轮或者小艇，争先恐后地向仙岛而去。看来寻仙问道之心，古今皆然。

《无锡景》的小调引着我在湖边闲庭信步，穿过亭台楼阁，走过香海花径，我要到鼋头渚去！

喏，歌中不是唱的嘛：“第一个好景致呀，要算鼋头渚……山路末曲折多幽雅呀，水围那个山来末，山呀山连水……”古往今来，吟咏太湖的诗词不胜枚举，而摘得魁首的却是一个现代的书生郭沫若先生。他的一句“太湖佳绝处，毕竟在鼋头”简单直白，却恰得要害，令那些拐弯抹角、雕饰堆砌的章句统统黯然失色。

这里是公认的观赏太湖的最佳角度，八百里太湖水尽收眼底。不远处的峭壁上是清朝末年的无锡知县廖伦题写的“包孕吴越”，浩然大气。据说当年东林党人的领袖高攀龙经常来这里踏浪濯足，大有“沧浪之水浊兮，可以濯我足”之意，不过他却反其道而行之，对黑暗的世道奋起反击，义无反顾，让本是温柔香软、婉约逶迤的太湖岸边变得铁血铮铮、风生水起。

## 3

湖面上驶来了雄伟的七桅帆船，那阵势顿时让人想起李白“长风破浪会有时，直挂云帆济沧海”的诗句，据说这种古老的帆船只有在此地才可看见了。导游们竞相自豪地向游人介绍着这一胜景，描绘着一位又一位当地的名人乘着这种船走向全国的情景。其中有一个人的名字被反反复复地提起，他叫徐弘祖。

在明朝末年的江阴，一家姓徐的书香门第降生下一个男婴，父母期望他能继承家风，光宗耀祖，因此起了名字叫作弘祖。但是这个孩子长大之后对于考取功名这桩事毫无兴趣，却热衷于到处游走，后来他彻底放弃了科考，专心专意地行走于祖国的大江南北三十年，并记下了六十多万字的游记。后世的人几乎都忘记了他原本那个寄托着父母厚望的名字，而在他的姓氏后边亲切地称呼他的号——徐霞客。

徐霞客当年就是乘着这样的七桅帆船从太湖上开始迈出云游天下的第一步的。这边厢，刚刚有人乘着小船离去；那边厢，自然也有人划着小船归来，载着西施和范蠡的爱情悄悄地归来。

越王勾践当年卧薪尝胆，为了灭掉吴国，听取了范蠡的建议使用美人计。范蠡献上了自己心爱的姑娘西施。就这样，天生丽质的浣纱女潜伏在吴王夫差身边，成了一代著名的女间谍。夫差为了西施，果然荒废了国事，走上了亡国的道路。

越国灭吴之后，西施的命运有了多个版本。有人说她在战争中自杀而亡，有人说她活了下来，但被胜利的越国人视为不祥之人而沉潭江底。最有人情味的一个说法是，范蠡放弃了勾践的一切奖赏，携着心爱的西施归隐太湖，过起了闲游散淡的生活。当年杜牧写诗感慨道：“惆怅无因见范蠡，参差烟树五湖东。”谁也见不到他们两个了，书里记载“西施随范蠡驾扁舟，泛五湖，不知所终”。

好一个“不知所终”，真让人欣喜！

## 4

无锡城还有许多的故事都散落在城西锡山和惠山的山麓间，像“包孕吴越”的太湖一样，这里也是吴文化重要的发源地。最早在春秋战国时期，这里发现了大量的锡矿，引来各方的诸侯争夺而兵戎相见，后来锡矿采光了，远离了刀光剑影，开始了一段灿烂的文明。后来就流传开了那句著名的偈语“有锡兵，天下争；无锡宁，天下平”。不过要是真想了解这一方炽热的土地，还是要亲自在这段崎岖的山径上走上一个周遭。

酷爱游山玩水的乾隆皇帝曾经七下江南，走遍了江南的名胜古迹，却对惠山情有独钟，他评价“唯惠山幽雅娴静，江南第一山，非惠山莫属”。南京有紫金山，镇江有北固山，姑苏有灵岩山，钱塘有凤凰山，哪一个不比惠山有名？惠山山不在高，也没有仙，之所以能够俘获这位见多识广的风流皇帝的心，还是由于那些众多的零落在山间的文化符号吧。

转过了“南宋诗坛四大家”之一尤袤的藏书楼——万卷楼，便是天下第二泉了。“茶圣”陆羽当年在他的《茶经》里评列了天下名泉十二眼，而这惠山泉位居榜眼。

《无锡景》里唱道：“天下第二泉呀，惠山脚半边，泉水生清，茶叶泡香片呀……”这好茶好水着实引来了不少名人，明朝的文徵明、宋朝的苏东坡，最张扬的要数晚唐明相李德裕了，他自从饮了惠山泉泡的茶水之后念念不忘，专门命驿站每天将惠山泉水千里迢迢地快马加鞭送到长安去，惹得同一时期的诗人皮日休大呼“吴关去国三千里，莫笑杨妃爱荔枝”，愤愤不平地把当朝的宰相比成了那个爱吃荔枝的胖女人。

今天的惠山泉的泉水几乎都要干涸了，但这竟然没有让我产生多少失落感，因为在这里留下的故事依然在，这些故事就像散落的泉珠一般在我的脑海叮咚作响，潺潺流逝。

不远处传来了幽幽的二胡声，自然是那首《二泉映月》，一下子又把人的思绪带回到那段苦难的日子。秋风萧瑟的夜晚，凄冷的惠山泉边，从阿炳的琴弦上咿咿呜呜地流出哀婉凄惨的曲调。他的眼睛看不到月亮，他的心里也没有月亮，而这个近乎浪漫的曲名是后来旁人取的。据说几十年后，著名的音乐大师小泽征尔第一次听到《二泉映月》的时候，感动得泪流满面，双腿下跪，跪拜而听。

阿炳的墓就在距离惠山泉不远处，我们也实在应该去拜上一拜。

5

继续游走在惠山山间，这段惊艳得让人目眩神迷的文化之旅才刚刚开始。我手上没有游览图，只是信马由缰，到处乱走。毫不夸张地说，我完全失去了方向感，迷失在了这一段时空流转之间。华孝子祠、顾宪成祠、刘猛将庙、二泉书院……还有很多我已记不起名字的地方。在那个秋日下午的惠山，我在意乱神迷中来来回回，直到无意中闯进那一座园子。

山石叠巘，曲涧幽阁，精致风雅竟然毫不逊色于任何一座名声在外的苏州园林。在山野之间，突现这样的一座园居，禁不住让人总是产生几分恍惚。原来这就是大名鼎鼎的寄畅园。

北宋词人秦观的后人最初买下了惠山寺后的这一片僧舍，然后开始移花接木，置石凿池，辟为园林，旧貌换新颜。后来到了万历年间，园子的主人秦耀被罢官回乡之后，重整园林，寄情山水之间，取王羲之的两句诗“取欢仁智乐，寄畅山水阴”而改名为寄畅园。

乾隆下江南的时候，对这个园子喜欢到无以复加的程度，最后把整个园林都搬回了京城——在北京颐和园里按照寄畅园的样子修了一座一模一样的园子，就是现在的谐趣园。

我已找不到来时的路，索性由着性子胡乱逛了起来，竟从惠山寺这一边的大门走了出去，误打误撞地走到惠山直街和横街上来了。

这里是原汁原味的惠山古镇，两旁排满了大阿福的笑脸，净是些泥人作坊和白墙黛瓦的民居。老房子的白墙壁上经过几百年的风雨洗刷，在阳光下透着斑驳和霉迹，一如岁月在人的脸上留下了几缕皱纹。有皱纹的脸才让人觉得成熟与踏实吧？这里完全不是刚才从火车站出来所见到的那个高楼林立的无锡，但我依稀感觉这里才是无锡城的魂魄所在。

据记载历史上的惠山庙会都是从这里开始的，具体地说，是从惠山古镇直街上的张中丞祠开始的。张中丞指的是唐朝人张巡，是中国历史上有名的忠臣良将，为人正直刚强。他那个时代正值杨国忠专权，有人劝他依附杨国忠，被他断然拒绝。安史之乱的时候，他与许远共守睢阳城，被叛军十三万之众围攻，内无粮草，外无支援，仅剩兵士六百余人，弹尽粮绝，但依然坚守不降，达数月之久！后终因寡不敌众，城破而亡。

据我所知，张巡是河南人，而睢阳城也在河南境内，我不禁诧异，怎么会在这江南之地，锡山脚下有一座他的祠堂，并且每一年的庙会，都会有成千上万的无锡人从四面八方赶过来拜老爷（即张巡）。当我就这个疑问向旁边一家泥人店的老板求教的时候，老人家跷起大拇指说：“张老爷是真好汉、真英雄，英雄不问出处，我们无锡人爱憎分明！”

## 6

夜访东林书院，已是月上柳梢。

月光斜照下来，古老的石牌坊上“东林旧迹”四个字显得格外迷离。这一刻，没有风声，没有雨声，也没有读书声，书舍里只剩下空荡荡的桌椅和端正正的琴筝，仿佛是在一夜之间人去堂空了。漫步在这千年书院，月色积水空明，石径上却只回响着我一个人的脚步声。当年夜读琅琅、烛火煌煌的情景也只能在这四百年后的月夜下远远地遥望了。

明朝末年重建东林书院的顾宪成和高攀龙，他们的年龄足足相差了十二岁，但共同的人生轨迹让他们最终变得密不可分。两个人都是年纪轻轻就考取了功名，做了官，随之由于书生意气，刚直不阿，得罪了重臣，得罪了皇上，挨批过，降职过，流放过，双双从“居庙堂之高”到了“处江湖之远”，两个无锡老乡终于在这里走到了一起。

他们意识到只靠一两个人的力量去改变国家孱弱的局面是无关痛痒的，只有培养更多的人才，让更多有理想的年轻人投身于治国大业中才是百年之计。两个人一拍即合，联手武进的钱一本、常州的刘元珍以及本地的安希范、叶茂才等人发起了东林大会，让已经沉寂了四百多年的东林书院又重新恢复了勃发的生机。

由于顾宪成、高攀龙这些江南名士的声望，很快就有许多的年轻人从四面八方赶到无锡，甚至还有不远万里从京城、湖广、云贵赶来的生员。此外，竟然还有不少已经考取了功名的学子名家前来这里听他们讲学。东林书院以文会友，每年一大会，每月一小会，除了各位主讲讲习四书五经之外，大家还可以就各种问题进行辩论和探讨，这些谦谦君子，这些意气风发的年轻人，在这个自由的舞台上激扬文字、针砭时弊，甚至议论国事、讽议朝政，渐渐地，这里成了影响全国的舆论中心，也成了朝廷当权派的眼中钉。

东林书院强大的气场已经覆盖江南、辐射全国，渐渐从一个学术团体已经开始向一个政党演变了。朝廷当初批准顾宪成等人复建东林书院进行讲学的请求时，只是以为这些个江南才子不过是聚在一起吟吟诗、作作画、操操琴，笔墨消遣、发发牢骚罢了，谁知道竟然愈演愈烈，成了“东林党”，而东林名士们的价值观、人生观与这个昏暗腐朽的朝廷又是那么的格格不入，针锋相对的斗争自然是不可避免了。

东林名士们依旧我行我素地挥斥方遒，一抒胸臆，而朝廷开始严厉地控诉这些胆大妄为的书生“讲学东林，遥执朝政”，双方的纠缠从万历朝至泰昌朝至天启朝至崇祯朝，明末四朝一直不曾停休，东林党人起起落落，一度也占据了很好的局面，但是由于各种各样的原因错失了把握，最终在顾宪成病故、高攀龙投湖，杨涟、左光斗、黄尊素、李应升等东林名士被捕迫害致死，书院尽毁之后，淡出了中国历史的舞台。

今天的东林书院门口还挂着那副著名的楹联：风声雨声读书声，声声入耳；家事国事天下事，事事关心。这是顾宪成亲自撰写的，这么近乎白话的一副对联出自这样的一个学问家之手多少令人诧异，认为他应该写出更有文采、更具深度、更加磅礴的句子来，最好有三五个生僻字、一两个晦涩的典故才好。这是中国文人的通病，而这平白的对联却恰恰彰显了东林名士治学和治国的人格精髓，要直白，要实实在在，不要那种华而不实和繁缛的空谈。为什么要读书？不是为了那书中的颜如玉和千钟粟。为什么要当官？也不是为了那三年清知府和十万雪花银。读书人要有自己的信念，有自己的人格，有自己的道义和理想，这是一个亘古不变的道理，但或许是真的太过艰深了吧，直到今天，能做到如此的，也没有几人。

## 涛声依旧忆苏州 //

1

这几年，来来回回去了好几趟苏州，翻开留影的相片册子，放在第一张的，便是寒山寺。

这座寺庙建于一千四百年前的南朝，寒山寺是它到了唐代时的名字了。在此之前，它一直默默无闻，就那样静静地矗立在苏州城外运河的一畔，仿佛专是为了等待那个人的到来似的。直到那一年的深秋时分，这位落榜的书生，终于驾着一叶小舟翩然而至。

失魂落魄的书生叫作张继。科举不中，无颜还乡，愁肠百结的他踌躇在姑苏城外，夜宿枫桥之下，满怀的愁绪无处排遣。深秋，夜凉如水的城郊，半空上，悬一弯冷月如钩。诗人坐在船头，无心睡眠，三两杯清酒，驱不走内心的苦寒。四野凄寂，小船摇摆，江水轻打着船舷，张继抬起头，轻叹一声：世上还有比我更加愁苦的人吗？话一出口，无人予答，只有渔火明灭，叹息声引来老树昏鸦的啼叫。

这个时候，突然从岸上的寺院里传出了钟声，由远及近，余音袅袅，敲碎了漫天夜空的寂寥。张继惊讶于这夜半的钟声，莫不是上天予我的回答吗？那一刻，心头竟一片澄澈，忙从书箧中取出纸和笔，平心静气地落下了四个大字，正是一首诗的标题——枫桥夜泊。

时光在那一刻凝固，结成岁月的霜。之后的二十八个字便成了千古绝唱，人们也记住了这个落榜书生的姓名，直到今天。

这夜天明之后，张继何去何从，我们便无从知晓了。只知道到了后来，他终究是考取了功名，终究是做了官的。羁旅途中、官场应酬之间，也作了不少的诗，《全唐诗》中收录了他四十五首诗作，但竟再也没有一首，能抵得上那一晚独坐船头的《枫桥夜泊》了。

## 2

我第二次去苏州，是专程为了游木渎而去的。

那是一年农历的六月下旬，正是江南艳阳高照的时节。第一天先到了南京，初尝了“火炉”的威力，谁知第二天到了苏州，竟然发现比南京更为酷热。出了火车站，顶着烈日寻到去木渎的车子，一路大汗淋漓，穿过了苏州的老城，出了横塘，不远便是木渎了。

从名字上看，木渎总没有千灯、锦溪、西塘有诗意。这名字的由来不要春秋时代，“渎”本是河道、河渠的意思，吴王夫差为了给西施在灵岩山上修一座馆娃宫，召用天下的木料，来自全国各地的木材沿着水路源源不断地奔向苏州，竟将灵岩山下的河道堵塞了三年之久，于是“木渎”这个名字由此而来。

木渎被誉为是“吴中第一镇”，慕名而至的人不在少数，但熙攘的人群一散到镇子里便成了寥寥。木渎的午后，站在千年之前的石桥之上，阳光竟也感觉没有那么烈了，脚下的这条香溪穿镇而过，静默无声。偶然掀起涟漪的，是那摇晃的橹船，由远而来，桨声欸乃，载着几个异乡人划过水面。

沿着香溪而行，坑洼的青石板路，两旁粉墙黛瓦，百年前的老屋。不要小看了这些寻常巷陌，似木渎这般的江南古镇往往都是卧虎藏龙，深不可测。随便歪一下头，蹭了一耳朵旁边导游的话，便大吃一惊。原来只知道范仲淹是苏州人，没想到竟然就是木渎人。有了这位“先忧后乐”的范夫子做榜样，木渎的后辈们更是不敢怠慢了，真是“忠厚传家久，诗书继世长”。据记载，自宋至清，木渎一共出了举人三十余位，进士二十五人。现在镇上还有一座榜眼府第，那是道光年间的榜眼冯桂芬的故居，他是林则徐的高徒。另外，木渎还曾出过两位状元公，只可惜他们的故居现已无处可寻了。

灵岩山就在离木渎镇不远的地方，步行十分钟便到了山脚下。刚才在镇子上还算稀疏的游人，此刻仿佛又汇集到了一起，成了登山的人流。山上有一座灵岩山寺，据说就是当年夫差为西施修建的馆娃宫的旧址。提到馆娃宫，让我想起了白乐天当年《忆江南》联章里描写苏州的那阕小令："江南忆，其次忆吴宫；吴酒一杯春竹叶，吴娃双舞醉芙蓉。早晚复相逢！"写的正是此地。

灵岩寺里还有不少的和尚在修行，门口售票的、检票的都是寺里的僧人。门票只要一元钱，倒真是随缘得很。众多的人围在玩月池边，指指点点，谈论着当年的那场战争和那段爱情。年代真是太久远了，久远到无论是夫差或勾践，还是范蠡或西施，他们的面容都无法在我的脑海里聚焦成为清晰的形象。西施最终落得个什么结局，有各种各样的版本，流传最广的是她与范蠡放舟归隐，"参差烟树五湖东"。然而我对这个结局却总是怀疑，对于一个利用自己的男人和一个真心疼爱自己的男人，西施到底爱哪一个更多一些？

无奈红颜随水逝，这个答案我们谁也听不到了。

## 3

相比于灵岩山，虎丘则就"好玩"得多了。

曲折的山道两边，散落着一段段逸文趣事。虚位以待迎接我们的，是不同时代不同性格的才子佳人们，白居易、苏东坡、文徵明、唐伯虎、西施、真娘……掐指一算，太多太多，让整个虎丘，从山脚到山顶，充满了热闹的回声。

转过吴王阖闾埋有鱼肠剑及其他三千宝剑的剑池，一抬头，就能看到摇摇欲坠的虎丘塔了。虎丘塔，本名叫云岩寺塔，始建于公元 959 年，是一座名副其实的千年宝塔。不过，千年的风雨侵袭让这座塔身越来越倾斜，现在的塔顶已经偏离地面有两米多，所以又被称为“东方的比萨斜塔”。不过，这名号实在有点儿委屈了云岩寺塔，因为从建造年代上讲，我们的虎丘塔要比那个比萨斜塔早了整整三百九十年呢。

行到塔下，没想到现在还能允许进到塔身里面，真是大喜过望。不过要等到凑齐二十个人左右，大家由讲解员一起带进去。讲解员是个四十多岁的苏州男人，操着一口苏州普通话为我们评讲。当他讲到建于同一时代的完全为砖砌的仿木结构塔在中国只有两座，一座是当下的虎丘塔，另一座是杭州的雷峰塔，不过雷峰塔已经在某年某月某日某时某分倒掉了的时候，显得格外兴奋，得意扬扬，让我见识到了雷峰塔轰然倒塌之后，有这么多幸灾乐祸的人。

下山途中，又会经过千人石，这是“虎丘三绝”之一。明朝的时候，每到中秋这一天，苏州城里甚至是全国各地的唱曲人都会赶到这里，把千人石站得满满当当，来参加一年一度的“虎丘山中秋曲会”。那时候大家唱的是昆曲，据说首先是万众齐唱，然后选出几十位唱得出色的，陆续再一一比过，直到决出最后一位优胜者。这倒有点儿像当下非常流行的选秀了，是不是算得上虎丘版的《超级女声》《快乐男声》和《中国好声音》呢？

虎丘山的曲会从明朝的嘉靖年间一直延续到了清朝的嘉庆年间，当年非常有名的剧作家李渔自然不会错过这样的盛会，他挤在熙攘的人群里上山，站在拥挤的千人石上听曲，随着山呼海啸般的喝彩声一道叫好。从早晨到深夜，曲终人散了，李渔回到家中，仍然抑制不住内心的激动，提笔写下了那首《虎丘千人石上听曲》：“一赞一回好，一字一声血。几令善歌人，唱杀虎丘月。”

今天我下山的时候，千人石上也是人头攒动，虎丘正在举办文化庙会，似乎在进行杂技表演，里三层外三层的人齐声叫好，或许这场景一如当年吧。听说，中断了两百多年的虎丘山中秋曲会也已经恢复起来了，这消息让我很是欢喜，想象着虎丘的上空又回响起那柔美的水磨腔的余音，心头也被点染得温润起来。

## 4

众所周知，苏州园林甲天下。而在苏州的这些园林里，我最喜欢的，当属沧浪亭。

我是黄昏时分来到这里的，刚一拐进巷口，就看到了一湾碧水、满塘的莲叶，仿佛远远地就在招呼你。这和苏州其他的园林有很大的不同，其他的园林或许是孤芳自赏，或许是敝帚自珍，总之要用一道围墙把园内与园外硬生生地分开，果真是“不到园林，怎知春色如许”。然而沧浪亭不同，园内与园外由一池活水相连，一条复廊沟通了内山外水，显示出来一种与众不同的洒脱情怀。

沧浪亭最初的主人是北宋诗人苏舜钦，据说他好饮酒，每天要喝一斗的酒，但是又不要下酒菜，每次都是一边读着《汉书》，一边饮酒，读到精彩的地方就“咕咚咕咚”地来一碗。《宋史》里评价他“时发愤懑于歌诗，其体豪放，往往惊人”，想来他这样的人绝不会和昏暗的世道同流合污吧。果然，由于他支持范仲淹的“庆历变法”，结果遭到小人的迫害，被贬到了苏州，从此便置地筑园，过起了隐居不仕的生活。

我此次往沧浪亭而来倒并非是为了苏诗人的缘故，更多的则是为了追寻《浮生六记》中沈三白与芸娘那些令我挂怀的往事。曾经有一段日子，读《浮生六记》让我不忍释卷，为之喜，为之泪。看他们也曾同过富贵，也曾共过患难，做过神仙美眷，也做过贫贱夫妻，最终不离不弃，让人感慨。

三白与芸娘经常到沧浪亭来游赏，书中曾有一段记载他们二人登沧浪亭赏月的片段，读起来唇齿留香，是这样写的：

过石桥，进门折东，曲径而入。叠石成山，树木葱翠。亭在土山之巅，循级至亭心，周望极目可数里，炊烟四起，晚霞灿然。

携一毯设亭中，席地环坐，守者烹茶以进。少焉，一轮明月已上林梢。渐觉风生袖底，月到波心，俗虑尘怀，爽然顿释。芸曰：“今日之游乐矣！若驾一叶扁舟，往来亭下，不更快哉！”

多么让人羡慕的一对眷侣。而今，门前石桥仍在，曲径仍在，叠石仍在，沧浪亭仍在，何不在一个夕阳西下或者月上柳梢的日子里，去那里静静地坐上一坐，聆听一段三百年前的故事……

步出沧浪亭的时候，正是晚霞灿然。门外荷塘边多了一位少年，支起画架正在点染塘里的风景。我默默地站在他的身后，看他入神。

半晌，他发现了我，转过头来，我们相视一笑，他继续画他的荷花，我继续赶我的路程。

## 5

苏州有太多这样的小巷了。貌似平常甚至有些破败的巷弄，你不经意间走进去，却发现竟然藏着一位仰慕已久的大人物的旧居，顿时搞得你毫无准备，手足无措。不过，在苏州待久了，你也就会慢慢习惯了这样的境遇，这实在和在苏州的巷子里总会逢着那些丁香般结着幽怨的姑娘一样平常。

还有那被曹雪芹在《红楼梦》开篇便提到的“最是红尘中一二等富贵风流之地”的七里山塘，还有那观前街一带吃不尽的苏式美食和百年老店，还有东山秋日的橘红、西山春天的茶香，还有很多很多，可以选来作为这次回忆苏州的素材吧。

入夜，坐上运河的航船，围着苏州的老城整整游了一圈，数不清的桥、讲不完的故事。船上有很多似我这般的外乡游客，也有不少多年漂泊在外重回故里的苏州本地人。无论是哪一种人，都饱含深情地注视着这座两千五百年的古城。“少小离家老大回，乡音无改鬓毛衰”，其实这种思念，无关于乡音，也无关于容颜。脚下的涛声依旧，心中是一片温暖，在这个夜晚，我突然深深地感悟到：苏州，原来不仅仅是苏州人的故乡；苏州，其实是我们中国人共同的故乡。

## 走过千灯醉华年 //

### 1

站在秋雨缠绵的巷口，摊开手边的地图，江南洇洇地泛着潮湿，仿佛图面上的那些河道，真的流溢着水汽。

我的目光宛转绕过乌镇、西塘、南浔、同里、角直、周庄这些名声显赫的江南小镇，最终落在了千灯这个地方。那一刹那，纸上似乎洒满了一片光芒，心头也片刻间晴朗了起来。那里，便成了我下一站的目的地。

两千五百年前的千灯并不叫这个名字，那个时候它叫千墩。

这个称谓很形象，也很有王昌龄边塞诗的味道。因为在吴越争霸时，从姑苏吴淞江口开始建烽火台，一路下来，到了这里正好是第一千个，所以有了这个纪念性的名字。

冷兵器时代的战争，这些土墩从冰凉到炙热，一路传递着狼烟、杀气和不安的消息。千墩改名为千灯，应该是战争结束以后的事了，因为在它的新名字里，已经嗅不到一丝关于战争的味道，相反却带着很浓烈的文化气息，或许是哪个匆匆路过的诗人被这里的夜景所吸引了吧，随笔一改，留下了一丝浪漫，让这方天空从此明亮温暖起来。

## 2

战争的威胁没有了，但自然灾害的苦难一直没有停止过。

江南的水系纵横密布，汇成一条千灯浦穿过小镇，一到雨季便洪灾泛滥，两岸苦不堪言。这个问题，却一直没有引起官方的关注，直到时间走到了明朝初叶。

千灯浦畔终于走来了一队治水的人马。为首的像个官员，走在最前面，对着河面指指点点，但看外表又不太像是官员，因为他未着官服，也是一身的粗衣布鞋，徒步从一头走向另一头测查着水况。

这个看似不起眼儿的人其实很了不得，他就是明初的四朝老臣——六部尚书夏元吉。

夏元吉是受了明成祖朱棣的御旨来治理浙西和江南的水患的。平时沉默寡言的他做起事情来却是雷厉风行，立即召集了数万河工开始治理，而且没有一点儿朝廷大员的架子，亲力亲为，日夜经营，甚至连馆驿都不曾设，就借宿于千灯浦旁的延福禅寺里。当地乡绅大鱼大肉的宴请都被他推掉了，稍微有一些时间了，他就一个人坐在延福禅寺的塔下读读书，算是休息了。

这一天夏元吉正在塔下翻书，从寺外大大咧咧地进来了十几个河工也到这里午休，他们高声地说笑，完全不顾及旁边的这个读书人，甚至有可能用脏兮兮的衣服去蹭开他腾出一块地方。

夏元吉也不与他们计较，依旧在一旁翻自己的书。过了一会儿，这些河工突然问寺里的和尚说："听说朝廷派了一个大官来治水，你见过他长什么样吗？"和尚有些惊愕地指指正在读书的夏元吉："你们旁边坐着的不就是夏尚书吗？！"那些河工顿时吓得霍地跳起身来，慌里慌张地跑出门去了。夏元吉只是抬头看看他们惊慌的背影，摇摇头微微一笑，目光依旧回到书本上来。

就是这个不显山、不露水的夏元吉，把一千多年都没有搞定的昆山水患治理得妥妥帖帖，从此千灯浦畔河水扬波，微澜不惊。人们为了纪念夏尚书的功绩，从此就把千灯的这条母亲河易了名字，也就是我们今天看到的尚书浦了。

3

上文提到了夏元吉借宿在延福禅寺，经常在寺内的塔下读书。那座塔叫作秦峰塔，论起千灯古镇的标志，非她莫属。

"南朝四百八十寺，多少楼台烟雨中。"这秦峰塔便是其中的一座。始建于南朝梁天监二年的这座七层古塔，已经经历了一千五百多年的雨雪风霜。相对于那些矗立在名都古邑的宝塔日夜接受朝拜的繁华，位于乡野小镇千灯浦畔的秦峰塔，祈盼的唯有一年一年岁月静好。

或许是承载的岁月太不堪重负，在我赶到秦峰塔下的时候，已经不允许再进塔攀登了。心头抹过一缕惆怅，但随即很快又释然了。秦峰塔老了，就像我们慈祥敬爱的老祖母那般，她已经没有力气让我们顺着她的腰肢拽着她的臂膀爬上她的后背嬉戏了，也再也没有力气弯下腰用双手把我们揽到怀中，她只能慵慵地坐在摇椅上，轻轻抚着我们的头，给我们讲着那些年华老去的故事。故事中有月下的老僧，有展卷的书生，有喧闹的河工，有俊俏的佳人……说着说着，她便睡着了。我用手触摸着斑驳的塔壁，就像触摸着老祖母布满青筋和皱纹的双手，那么沧桑。

对了，当地人都称这座秦峰塔为“美人塔”，可见我们的老祖母当年也是多么的风华绝代。

## 4

在老祖母絮絮叨叨的故事中，一定提到了那个整天总是咿咿呀呀哼着昆山腔的男子，他叫顾坚。

元朝是北方蒙古人的统治，到了元朝末年的时候，一片昏暗。统治者自然是不屑把目光投向如顾坚这般有学识的才子身上的，因为这一类人是当时社会等级中最低的，而像顾坚这样的读书人又不愿将自己的一身才华献给这样的昏暗统治。于是两者之间出现了一种对峙的真空，政治上的沉默却引发了文化上的爆发，至少，元杂剧就是这样引爆的。

顾坚也是个戏剧爱好者，善写，也善唱，尤其是家乡的昆山腔，几乎是曲不离口。每日里划着小舟在千灯小镇的河道上往来飘摇，咿咿呀呀地哼着这家乡独有的曲调，这调子里有天地玄黄，有国破山河，有男欢女爱，有才子佳人，轻轻扬扬地飘过了秦峰塔下，飘过了石板街前，飘着飘着，昆曲产生了。

顾坚纪念馆不大，是一座二层的小楼，楼上是一些展品，楼下则是个小戏园子。经常有六百多年后仍然痴迷于昆曲的人们跑到这里来，在昆曲的发源地听上一折原汁原味的昆山腔。像这样的小戏园在千灯还有不少，红底白字的水牌上都是《长生殿》《十五贯》《浣纱记》这样的大戏。坐在破旧的方桌长凳前，点一壶茶，听一折戏，喊一声好，一曲终了，走出园子，走在两旁是粉壁黛瓦马头墙的石板路上，悠长悠长的，便恍如隔世了。

## 5

真的是恍如隔世了，从顾坚纪念馆出来，只消转个弯，再走上几十步，就到了另一个千灯的大人物顾炎武的旧居。

历史上从元末明初到明末清初一个世纪的时间，在千灯古镇这里，只是一街之隔短短几十米的距离而已。时间与空间在这里形成了一个很神奇的比例尺，让我们目眩神迷。

在中国，或许还有人不知道顾炎武这个名字，但不会不知道“天下兴亡，匹夫有责”，先生登高一呼，令多少同胞激情澎湃、热血沸腾。亭林先生从家乡的千灯浦畔走向全国，将自己的学说和精神传播开来。

身为明朝子民，作为一个斗士，他亲自组织并参加了反清的武装斗争；作为一个文人，他没有选择朝廷的权力和命运，但他选择了一生不参加清朝的考试，不做清朝的官，铁骨铮铮。到了后来，他开始全身心地致力于学术研究，于是《日知录》《音学五书》《肇域志》《金石文字记》等著作一部一部腾空而出。

或许真的是时间可以改变一切吧，顾炎武一生都在反清，但在清朝统治没多久之后，他的三个外甥，号称“昆山三徐”的徐乾学、徐秉义、徐元文先后参加了科举考试，出仕于清廷，并且官都做得不小。三个外甥发迹后给舅舅在家乡置地盖房，想让舅舅能在故土安享晚年，但是顾炎武却远远地躲在陕西华阴，宁可守着清贫，最终客死异乡。

## 6

我继续走在石板街上，愈往前行，游人便愈来愈少，脚步亦愈来愈轻盈。用来铺就这条石板街的条石有一个和这个古镇一样好听的名字，叫作“胭脂红”，把江南小镇的古朴和柔美尽化于路途之中了。

“我打江南走过，那等在季节里的容颜如莲花的开落。”我坐在桥下布满青苔与蔓草的石阶上，念着诗人的句子。那里是旧时人家上下船的码头，年华似水，我回转头来，仿佛听到马蹄嗒嗒，从石板街中穿过，一袭长衫的公子载着他的红颜，翩然而去，在这千年古镇中留下风华绝代的背影和瞬间老去的岁月。

## 唐风宋水美周庄 //

### 1

《晋书》里有这么一段记载："张翰在洛，因见秋风起，乃思吴中菰菜、莼羹、鲈鱼脍，曰：'人生贵适意尔，何能羁宦数千里以要名爵乎？'遂命驾而归。"

这便是著名的"莼鲈之思"的典故了。在洛阳做官的张翰，每年拿着四百石粮食的俸禄，过着好好的小康生活，突然在秋风乍起的时候，想起了家乡特有的美食——莼菜和鲈鱼，于是思乡心切，辞去了官职，马不停蹄地回到千里之外的江东，在南湖上过起了垂钓归隐的日子。

这故事，即便算不出发生的时间和地点，初次听到的话，我们眯上眼睛想一想，大抵多半也能猜出是魏晋时期的事吧。不知道那究竟是个什么样的朝代，为什么那个时候的人物都这么旷达率真，随心所欲？诸如谢公围棋、子猷访戴、兰亭曲水流觞，将风流率性发扬到了极致，以至于后世不少的文人雅士再做出类似的举动时，都不免染上了几分东施效颦的嫌疑。

张翰所在的南湖，便在今天的周庄。曾有诗云："寒江春晓片云晴，两岸花飞夜更明。鲈鱼脍，莼菜羹，餐罢酣歌带月行。"多么醉人的一幅场景！当年的他为了这莼菜和鲈鱼，义无反顾地千里迢迢而回，当然也未必真的就是为了那一时的口舌之鲜，而这种亲切的味道恐怕更多是灵动在心灵深处的吧。

不管怎样，张翰便在家乡周庄过上了闲散隐居的日子，天子呼之不上船。

## 2

周庄的确是个适于归隐的地方。江南小镇，宁逸中泛着水泽，秀色里又深藏古朴。岸边是袅袅炊烟的人家，一只橹船咿呀，轻轻摇进这小桥流水，任由是谁，一旦踏入这一幅水墨画卷之中，便恐怕都会"不知有汉，无论魏晋"了吧。在当年那一段乱世纷争的年代里，洞若观火的张翰能够放弃大司马东曹掾的官职，毅然决然地回归故里过起明哲保身的清净日子，也就不足为奇了。

在城头变换大王旗，名士纷纷凋零的晋朝，张翰却在宁静的周庄就这样优哉游哉地钓着鲈鱼，喝着莼菜汤，一直到他五十七岁那年平静地死去。在张翰死后的一千年里，周庄岁月静好的日子就这样一直周而复始地延续着，直到明朝初年那一场差点儿改变全镇命运的轩然大波的到来。

洪武六年，也就是公元1373年，是明朝第一位皇帝朱元璋统治的第六个年头。那一年夏日的一天，周庄湿漉漉的空气里似乎不知不觉中掺杂着一丝焦躁。镇上首富沈家的厅堂上来来回回踱满了人，他们交头接耳，坐立不安，仿佛六神无主一般。沈家的当家人沈万三一个月前乘船离开了周庄，北上金陵，据说是他的“老朋友”当今的皇上朱元璋邀他共商整修南京城墙的事。沈万三是江南一带人所共知的财神爷，又和朱元璋是多年的故交，所以被宣进京借点儿钱也不是多么奇怪的事，沈万三临走的时候也只嘱咐家人自己去个十天半月就回来了，可谁知这一走一月有余也未见踪影。

伴君如伴虎，一想到那喜怒无常的朱皇帝，沈家上下都不禁在心中打起了鼓。果然，入夜以后，坏消息随着黑暗降临，朝廷传来了一道圣旨：沈万三乱民怀造反之心，诛！而更令周庄全镇人目瞪口呆的是，疯狂的朱元璋在这道圣旨中不仅要诛灭沈氏全家，还要杀光居住在周庄镇上所有的人！

## 3

这消息无疑就似给周庄小小的村镇带来一场狂风暴雨，就在家园将倾之际，在乱作一团的人群之中，挺身而出一位中年男子，他叫徐民望。为了挽救乡亲，这个看上去有些清秀而孱弱的男人，一个人出了小镇，只身上京去告御状。个中辛劳不知其苦，但总算一番努力之后让朝廷收回了成命，也搞清楚了这段公案的来龙去脉。

朱元璋建国之初国库空虚，特意请来江南首富沈万三，打算向他借点儿钱修城墙。沈万三家资千万，自然也不想放过展现自己财力的机会，一口气承揽下从洪武门到水西门这一段城墙的所有费用。这一段城墙足足占了当年金陵城所有城墙的三分之一还要多，沈万三的大手笔在满朝上下引起了轰动，文武百官不由得对这位沈财神青眼相看，这也让心性乖僻的朱元璋微微有了不快。

承揽修建城墙还不算，沈万三不放过任何一次炫富的机会，他在南京城里广修廊庑，大建酒楼，南京的市政设施也到处烙下了沈家的痕迹。在一次和朱元璋阅兵的时候，有些得意忘形的他竟然提出要代替皇上犒赏三军，百万的军士每人赏赐一两金子！此言一出，引得朱元璋埋在心底的怒气彻底爆发了：你一个平民百姓，竟敢要犒赏国家的军队，这不是收买人心是什么？不是图谋造反是什么？于是就有了最初的“灭沈家，诛周庄”的那一道圣旨。

后来，在众人的挽救下，甚至连马皇后都出来为沈家求情，朱元璋最终没有杀掉沈万三，而是把他流放到了云南。恐怕连朱元璋自己都不会相信一个身逾古稀的沈万三会真的怀有造反的心思，自己只不过是以这样一个借口灭一灭沈家的威风，出一口自己的恶气罢了。

而在去往云南的漫漫长路之上，沈万三恐怕也会不止一次地反思自己怎么会落得这样一个下场。自己不过是一个商人，在商言商，不懂政治，懂的只是生意。一次次的炫富，其实不过是一次次的巴结，也只是一次次的投资而已。就像当年资助苏州张士诚的大周政权，张士诚还曾为他刻碑立传，而现如今，自己不过只是想重复当初的手法，依靠住朱明王朝这座靠山，把自己沈家的生意越做越大罢了。只可惜，沈万三这人生中最大的一笔投资打了水漂，一个认为用钱可以解决一切的沈万三碰到了内心绝不允许挑战自己一丁点儿威信的朱元璋，一个经济上的暴发户碰到了政治上的暴发户，我甚至怀疑那一场城楼上的大阅兵其实就是朱元璋刻意安排的，就是一个请沈万三“入瓮”的圈套而已。

在沈万三流放云南并客死异乡之后的三十年里，沈家一次又一次遭受到来自朝廷的劫难，他的儿子、女婿、孙子、曾孙，死的死，逃的逃，流放的流放，曾经富可敌国的周庄沈家就这样从兴盛走向了衰败，好似周庄雨天里落在河道上激起的那些泡沫，迅速地破灭了。

## 4

沈家的传奇让人感慨，来去匆匆却又留下了长久不衰的话题。当年雕梁画栋的豪宅由繁华而破落，后来又被沈家的后人修葺翻新，今天的沈家庭院里依然是人来人往，川流不息，但早已不是当年的风情。但由于有了沈万三的这一段境遇，小桥流水的周庄在宁静淡泊中又多了一份岁月变迁中人世无常的沧桑。

沈万三的故事是六百多年前的故事，当年的见证人自然都早已在岁月中作古，真正经历了那些往事而留存至今的，只有脚下坑洼的石板路与河道上斑驳的石桥了。推开任何一间临水阁楼的窗棂，一定会看到一座别具风情的古桥，在窗前坐下，点一壶太湖东山的碧螺春，轻轻翻开青花瓷的盖碗，品一口茶，望一眼桥，看桥身上摇曳的蔓草，看桥头走来的曼妙姑娘，真似诗人写的那样了：你站在桥上看风景，看风景人在楼上看你……

二十多年前，就来了这样一位看风景的中年人，他走遍了周庄大大小小的石桥，站在桥上久久地凝望。后来，他把周庄的桥带走了，带进了他的画中，带到了美国纽约的画展上，引起了空前的轰动，他就是陈逸飞。

美国的石油大亨哈默用天价拍下了那幅《故乡的回忆》，更出人意料的是，他把这幅来自中国的风景画当作访问中国的礼物送给了当时的国家领导人邓小平。自那以后，大批的国人才仿佛如梦初醒，才晓得原来中国还有个周庄，故乡还有座双桥。

## 5

像陈逸飞一样，自张翰以后，许多文人墨客都追随着他的脚步把目光投向了周庄。刘禹锡、陆龟蒙、柳亚子、陈去病、吴冠中……古代的、现代的，不胜枚举。据说当年在海外漂泊了多年的三毛一踏上周庄土地的时候，就不由得潸然泪下，哭得不成样子，只因为他们在这里都找到了梦中故乡的影子。

我曾经一直猜测，因为画了周庄而名声大噪的陈逸飞在年老之后一定会归隐这里，过几年清净逍遥的日子，就像当年的张翰那样。但在2005年听到了他由于工作劳累而突发疾病逝于上海的消息，真是让人扼腕叹息，那一年他五十九岁，正该是颐养天年的寿数。

今天的周庄，喧闹代替了宁静，一茬又一茬的过客把青石板路踏得啪啪作响。“隐逸”这个词离这里已然愈来愈远。张翰的莼鲈之思、沈万三的身世之谜以及陈逸飞那古朴的双桥都成了招揽生意的噱头。据说当地还能吃着一道叫作“莼菜鲈鱼羹”的菜，把当年张翰最思念的莼菜和鲈鱼放在了一起，只是不知道这些匆匆过客是否还能品尝出一千八百多年前那一阵瑟瑟秋风中的味道……

## 人生只合住湖州 //

1

湖州城东，莲花庄。

当赵孟頫的双手再次推开那扇故园大门的时候，时光流转，他已是人至中年。尘封的大门“咯吱吱”地缓缓打开，正值黄昏，夕阳将他和夫人管道升的影子拉长，斜斜地投在地上。夫妇二人相视一笑，浅浅的笑容里并没有多少衣锦还乡、荣归故里的欣喜，相反，却盛满了尴尬与无奈。

此后的若干天里，莲花庄上登门拜访的人陆陆续续来了不少，但大概都不是赵孟頫盼望的人，他脸上的笑容都止于客套寒暄的礼节。莲花庄的主人明白，这些客人来访问的，是那个元朝官员、忽必烈的谋士、一度差点儿成为宰辅的赵孟頫，而不是他所盼望的那个“吴兴八俊”、文坛领袖、好朋友、好学子、好亲属的赵孟頫。

出仕元朝已经整整八年，赵孟頫的身份轮转好似天上地下。当年被江南士子仰望的精神领袖被唾弃地冠上了“汉奸”的标签。这个标签实在太沉重，压在赵孟頫的身上、心上，让他辗转反侧，进退两难。八年来他的苦楚，没有人懂，于是只能才下眉头，又上心头。

## 2

赵孟頫出生在南宋末期，皇室后裔的光环除了好名声之外，并没有给他带来多大的实惠，因为到他这一代，家道已然中落。在他二十岁时，好不容易在今天的镇江谋到了一份差事——真州司户参军，一个掌管地方户籍、赋税、仓库交纳的基层公务员。就这样一个糊口的饭碗，也没有端上两年，因为时局发生了翻天覆地的变化——南宋亡了。

二十二岁的赵孟頫逃回了湖州，隐居德清。这一隐，就是十二年。这十二年里，他向当地的大儒学经史，向钱选拜师习画，娶了才女管道升为妻，结识了戴表元等一干文学好友。这十二年里，他的才学和声望如日中天，他和众师友习文作画，品茶论道，指点江山。这十二年里，盛满了岁月的凝霜，也盛满了他的落寞和苦闷。

空有一身学识的赵孟頫在山中过着清苦的生活，任青春一点一点地逝去，却无法用自己的能力去匡世济民，只有徒劳忧虑。当然，在他身边的亲友眼中，世，早已不是当年的世。而在赵孟頫眼中，民，却还是天下的民。天下万民还在受着劳苦，作为一代士人总应该出来做些什么吧。但是背负着宋室后裔的光环却成了一把枷锁，而当世恶劣的政治环境则是另一副让人无法前行的镣铐。他只有用满怀忧郁的眼神眼巴巴地望着，等着……直到有一天，从京城方向同样投来一束炙热的目光。

## 3

这一束目光来自一代雄主忽必烈。

蒙古人坐稳了中华江山，忽必烈是聪明人，他明白可在马背上得天下却不可在马背上治天下的道理。在打理国家的过程中，他越来越感觉到华夏文明的厚重，也越来越认识到江南士子们辅佐的必要性。于是，他的眼光越过千山万水投向了江南广袤的河川土地。同时，一份写着蒙古文和汉文的“搜访遗逸”的名单也已经悄悄出炉，位列一长串江南士子名字之首的就是被忽必烈反复念叨的那三个字：赵孟頫。

下江南负责“搜访遗逸”的大臣叫程钜夫，他也是个南人，宋亡后仕元，主张民族融合，一直致力于让江南的人才能够学以致用，所以他和赵孟頫可谓一见如故，惺惺相惜。程钜夫说得很诚恳：你有名望，有才学，理应出来辅佐明主，实现一番抱负。终日逃避，穷居乡里，荒废光阴，这哪里是大丈夫的所作所为！这一番话让本就有出仕之心的赵孟頫蠢蠢欲动起来。但是周围的壁垒依旧高矗，他的两个身份筑成了一座围墙：一个是皇室后裔，他的亲戚和前朝的遗老遗少们无法容忍他的数典忘祖，他的侄子甚至亲自登门警告，若是出仕元朝，就与他这个叔叔情分一刀两断；另一个身份是江南的文坛领袖，一大批清流文人也以各种方式纷纷劝阻。赵孟頫最好的朋友戴表元一听到消息，连夜风尘仆仆地从奉化老家专门赶到杭州，在路上拦住老朋友，带来了洋洋洒洒的一首近两百字的《招子昂饮歌》（赵孟頫字子昂），里面有“虚名何用等灰尘，不如世上蓬蒿人”的劝慰，言语恳切，用心良苦。

赵孟頫一度动摇了，但是很快又说服了自己。他的性格和他的抱负，注定了他做不了骑鲸跨海的神仙安期生，也做不了葛巾漉酒的隐士陶渊明，他还是毅然决然地甚至有些悲壮地启程了，身后是一路的白眼和叹息声。

赵孟頫的仕途也并非一帆风顺。虽然在同胞眼中，他成了不折不扣的“汉奸”，但他从未做过一件坏事，相反，他提了很多利国利民的建议和策略，颇有一些政绩，深得忽必烈的赏识和庇护，一度甚至想提拔他为宰辅，但终究敌不过众多的蒙古贵族的阻挠。作为社会最底层的南人，赵孟頫是得不到完全信任的。这一点，他自己也很清楚，如履薄冰地在权力旋涡的中心周旋了八年之后，当年的雄心壮志一点点地在岁月中消磨，他终于看清也厌倦了宦海沉浮，在四十二岁这一年告病还乡。

回到湖州，他所做的第一件事就是把别居老宅重新修葺起来，金窝银窝不如自己的草窝，他要好好地歇一歇了。当年祖父造了这个园子，起的名字叫“新兴郡国园”，意喻着要复兴大宋江山。到了父亲这一辈，复兴无望了，父亲把园子又改成了“菊坡园”，取周敦颐所说的“菊，花之隐逸者也”之意，以示自己与世无争。到了赵孟頫这里，人情翻覆，世态炎凉，经历太多复杂局面的他把故园名字改成了“莲花庄”，同样取自周敦颐的“莲，花之君子者也”。同时也是向世人告白：我虽然是你们眼中的“汉奸”，却也是出淤泥而不染的君子！

但是他的心声，知音少，弦断有谁听？在当世以及后世至今又有多少人能够体谅他呢？

## 4

记得年幼时学校里开过毛笔字课，其实就是让孩子们自由地在红模子上涂涂抹抹。我有一本赵孟頫的字帖，正在临摹，被老师一眼看到没收了去。至今我还记得她不屑的腔调：“一个软骨头没气节的人，写出的字都是媚俗的！学他干吗？字如其人，写字就要刚健有力，做人也一样！”

老师的话让我无法辩驳，那时年纪小，不敢辩，也无力去辩，因为她所言不虚无懈可击。老师丢给我一本新的字帖，叫我好好临摹，我打开看时，每个字都宽宽正正，一股庄严浑朴之气扑面而来，是颜真卿的《多宝塔碑》。

颜真卿比赵孟頫早出生了五百余年，历经了唐朝由盛及衰的四朝君王。他来到湖州做刺史的那一年已经六十四岁了，不久前经历了一场安史之乱的动荡，安禄山谋反势如破竹，所到之处一路降幡，唯有镇守平原的颜真卿是个例外！一介文人，誓死不降，还被推举为了联军盟主，统兵二十万，声震疆场。那一场厮杀，真是痛快，斩敌人首级万余，生擒一千余人，连唐玄宗都被感动坏了。但是在这场战争中，颜真卿的哥哥和侄子也失去了生命，让他悲痛欲绝。

虽然得到了皇帝的嘉赏，但是官场上的排挤和亲人们的逝去，还是让他老泪纵横、心灰意懒。在这样的黯淡心境下，有些垂暮的颜真卿步履沉重地来到了湖州，一方面行使刺史之职，一方面在这一片湖光山色之中疗养伤痛。

## 5

朋友们从四面八方过来了。

果真是字如其人，而人也以群分的。敦厚、刚健、堂堂正气的颜真卿身边少不了正直和有才华的朋友与追随者，而他的阅历、学识、人品和审美高度使其理所当然地成了湖州文化沙龙的核心人物。在他做湖州刺史的时候，“茶圣”陆羽正隐居在湖州山间写《茶经》，诗僧皎然在杼山妙喜寺当住持，隐心不隐迹。而少年得志的浪荡才子张志和，正隐居会稽，放舟烟波，一听颜真卿到了湖州，立刻兴冲冲地赶了过来，一住就是一年。颜真卿专门造了一条渔舟送给他，供他“浮家泛宅，往来苕霅间”，寻找创作的灵感。张志和也投桃报李，没过多久，一阕“西塞山前白鹭飞，桃花流水鳜鱼肥”的《渔歌子》就跃然纸上了。

朋友之间三不五时就聚在一起，座下都是饱学之士，赋诗绘画，饮酒品茶，好不风雅。为了大家的雅聚方便，颜真卿特意在杼山上修了一座亭子，亭子由陆羽设计，皎然赋诗，颜真卿亲笔题字。他们聚在一起开了个碰头会，既然亭子建成于大历八年十月二十一日，大历八年为癸丑，十月为癸卯，二十一日为癸亥，那么就给这个亭子取名叫“三癸亭”吧。

三癸亭的聚会堪称湖州版的“曲水流觞”，湖州文士们在山亭中聊诗、赏花、谈天、编书。亭子建成的第二年，一部集文字与音韵大成的《韵海镜源》便在这里诞生了，以颜真卿为主，参加编撰的文士多达五十五人。这一部巨著五百余卷，书以《说文解字》《三仓》《尔雅》等字书为标杆，穷其训解，除了学问之外，从书页中还可以依稀听到杼山之上的啾啾鸟鸣，嗅出满径的桂花香气，以及扑面而来的云淡风轻。

## 6

颜真卿在做了五年的湖州刺史后，回京任吏部尚书去了，还被封为鲁郡开国公。但是最终被奸臣所害。皎然和尚后来在妙喜寺圆寂，葬在了杼山之上。陆羽被颜真卿举荐去京城做官，但是他辞而不受，依然潜心研究他的茶道，死前留下遗嘱要葬在皎然和尚旁边，与知音依然为邻。而其他的湖州文士们也在颜真卿离开后的几年内风云散去。

时光反转，当我赶到杼山时，已是那场聚会的一千三百年后。被翻修过的但依然显得破旧的三癸亭孤孤单单地立在山中，昔年的桂树全然不见了，为了迎接上司赏桂而被颜真卿他们修成的“御史径”早已没有了路，被藤蔓荒草缠绕着。我深一脚浅一脚地步入竹林深处，寻找陆羽的墓碑，却几乎迷失了方向，辗转徘徊之后，终于在日落之前找到了这座早已凋落不堪的墓地。

当年陆羽隐居山中，皎然和尚来寻他，他不在，邻居告诉皎然他去山上了，于是诗僧留了一首小诗之后就走了：

移家虽带郭，野径入桑麻。
近种篱边菊，秋来未著花。
扣门无犬吠，欲去问西家。
报道山中去，归时每日斜。

而如今我孤零零地一个人立在竹林中，多么希望他也只是上山游历去了，待我转身离开之后，他依然会回到篱菊栅边，推开柴扉，不一会儿，劈柴担水，炊烟升起来，茶饭的香味就弥漫整个竹林了。

## 7

我回到湖州城中已经华灯初上，衣裳街的店铺次第亮起了霓虹。苕溪和霅溪汇合于这条明清老街之畔，当年来往湖州的商人、官员、书生们都是从这里整整衣衫，拍一拍风尘，泊舟上岸。今天的衣裳街两旁，酒吧和茶馆林立，湖州人都会把初到此地的朋友带到这里坐一坐，呷一口茶，讲上三两段老湖州的往事。

往不远处走走就是骆驼桥了，当年苏轼初到湖州任知府，因上《湖州谢上表》，被朝中奸人陷害，命犯“乌台诗案”，官兵就是在衣裳街的馆驿河头把他押上船的。船顺流而下，路过骆驼桥时，湖州的百姓闻知此信都自发地赶到桥上为诗人焚香祝告，静默祈祷，场面颇为感人。湖州人经历过星光璀璨的文化盛世但也经历了中国文化史上最黑暗的一天。

今天的湖州城依旧充满文化气息，恬雅淡然，让人走在街头总不自主地多了一分从容，少了繁华都市的浮躁。虽然太湖边也竖起了高耸的七星级月亮酒店，但是现代化酒店之下的湖面上飘摇的七桅帆船，也向世人昭示着这座老城的古风依然。在这个城市，人不多，车不多，好心情也就会慢慢多了起来。

与这座宜居的城市就要分离，忽然想到那个拦住赵孟頫不让走的戴表元，他在另一首诗里面曾经笃定地写道：“行遍江南清丽地，人生只合住湖州。”仔细想一想，写湖州的诗貌似真的不多，但有这两句就足矣。

## 此地空余黄鹤楼 //

1

说来真是机缘巧合，那年“五一”本是计划和朋友一起下江南的，然而苏州的车票告罄，不得已临时起意改变了计划去武汉。

有在火车上阅读的习惯，上车前在车站的书店里匆匆买了一本熊召政先生的游记集子《水墨江南》，一来是为解旅途无聊，二来也想稍抚一下不能下江南的遗憾之心。谁知，翻开扉页之后，映入眼帘的第一篇文章竟然是《登黄鹤楼》。

细细一想，不禁莞尔，对呵，武昌也在长江之南嘛。

## 2

来到黄鹤楼的那一天武汉的天气非常热，不走路都要出一身的汗。全国各地的人会集于此，熙熙攘攘，人头攒动。此时此景，真不是登楼的好时机。然而，人到了武汉，不登一趟黄鹤楼大抵如同到了北京不登长城、不吃烤鸭一样，总会隐隐抱憾，心有不甘的。

黄鹤楼在中国人心中，尤其是在中国文人心中，已然不是眼前的这一座楼那样简简单单。它就像一个坐标，沉甸甸地筑牢在每个人的心头。始建于三国时期的这座楼阁，命途多舛，屡毁屡建，经过了流光的洗礼、时代的磨难，楼中装的也不再仅仅是雕梁画栋、水墨丹青，而是盛满了诗情，盛满了画意，盛满了浓浓的情结，纠缠在这长江岸边，久久不能散去。

就在一千两百年前，李白与崔颢前后脚登上了黄鹤楼。崔颢前半生放荡，后半生坎坷，一直未曾名声大震，然而那一日登得楼来，却才思泉涌，脱口而出“黄鹤一去不复返，白云千载空悠悠”，霎时，惊煞了半个盛唐！让大名鼎鼎的李白也不禁感叹“眼前有景道不得，崔颢题诗在上头”。然而，话虽如此，李白终究不甘心，前前后后还是作了不少以“黄鹤楼”为题的诗，不过真的就像他所说的那样，没有一首及得上崔颢的这一首。

## 3

“故人西辞黄鹤楼，烟花三月下扬州。”这是公元730年的春天，李白和孟浩然在长江岸边的黄鹤楼下，执手告别，这一别，山高水长。

李白与孟浩然的这段友谊可算是中华文坛上的一段佳话。狂傲的“诗仙”对于这位年长自己十二岁的兄长的赞美毫不吝惜：“吾爱孟夫子，风流天下闻。”然而，就是这个“风流天下闻”的孟夫子，不久前刚刚经历了一段失意。四十岁的孟浩然科考落第，心有不甘，不由得发出“不才明主弃，多病故人疏”的感叹。谁知这两句牢骚恰恰被当朝皇帝听到了，这让本对孟浩然还怀有敬仰之情的天子大为不满：“卿不求仕而朕未尝弃卿，奈何诬我？”于是孟浩然只好灰溜溜地回了襄阳老家，仕途之梦从此也就灰飞烟灭了。

李白走的依然是孟浩然的路线，虽然他豪饮高歌，佩剑天涯，但内心深处仍然充满了对功名的渴求、对施展抱负的期望。公元757年，李白投到永王李璘麾下，原本以为一展身手的机会到了，一气之下作了十一首《永王东巡歌》，歌颂李璘的丰功伟绩，谁知他上的却是条贼船，永王反叛兵败之后，李白也以“附逆”的罪名流放夜郎。

流放途中，经过黄鹤楼。这离上一次与孟浩然烟花相别已是二十余载光阴。故地重游，感慨万千。听着从楼中传出《梅花落》的笛声，凄惨惨，泪潸潸，仿佛整个武昌城都在一片冰天雪地之中，心灰意懒之下，吟出了那首“一为迁客去长沙，西望长安不见家。黄鹤楼中吹玉笛，江城五月落梅花”。从此，“江城”也成了这座城市的别称。

## 4

“昔登江上黄鹤楼，遥爱江中鹦鹉洲。”李白和孟浩然都不止一次地登楼来歌咏过鹦鹉洲。又何止是李、孟二人，哪一个自崔颢之后登上楼来的文人不大声地感叹一声“芳草萋萋鹦鹉洲”？

这本是长江中一座普普通通的江心洲，在水一方，孑然独立。上面荒草丛生，却因为有了一座三国名士祢衡的墓而出名，里面埋葬的又是一位郁郁不得志的文人。

祢衡是山东人，文采斐然，善于辩论，天下闻名。不过脾气似乎不太好，恃才傲物，自命清高，不将他人放在眼里，这大概也是文人的一种通病吧。据说他也曾打算进入仕途，曾经写了一封自荐信来到当时的都城许昌，不过由于清傲的性格，这封毛遂自荐的简历始终没有掏出口袋。曹操知道他的才华，想招他做官，但是祢衡又看不上曹操的为人，对其一通嘲讽。后来的一次宴会上，曹操召祢衡为鼓吏想借机羞辱他一顿，谁知反被祢衡嬉笑怒骂一番，后来成了一出经典的剧目，便是《击鼓骂曹》。

曹操毕竟城府深厚，没有杀祢衡，而是把他推荐到了荆州牧刘表那里，想来一个借刀杀人。刘表起初也对祢衡百般礼遇，颇为重用，但是终也换不来祢衡对他的青眼相看，实在受不了他的这般臭脾气，刘表又把他推荐给了江夏太守黄祖。一个满腹经纶的人才，就这样被当作烫手的山芋扔来扔去，不知道祢衡是不是会感慨自己“会做事，不会做人”的能耐。

祢衡最终死在了黄祖的刀下。死之前两个人还在一起喝酒谈天，黄祖问祢衡对自己的看法，高傲的狂人完全无视上司的自尊心，直言你不过是一尊庙里的神像，虽然受人礼拜，但是一点儿都不灵验，中看不中用！一向引以为傲的口舌之快却犯下了难以挽回的职场大忌，所以当曹操得知祢衡的死讯之后，一点儿都不奇怪，不过淡淡一笑：“腐儒舌剑，反自杀矣。”

祢衡死后就被葬在了鹦鹉洲上，而这座江心洲的得名就来自他那篇著名的《鹦鹉赋》，他说鹦鹉本是一种神鸟，却无人能够赏识，只被当作了关在笼子里的玩物。托物言志，顾影自怜，大有“我这匹千里马就在这里，而伯乐却遍寻不到”之感。

其实无论祢衡也好，崔颢也罢；李白也好，孟浩然也罢，不过是中国几千年来传统文人的几个代表。中国的文人，他们想做官，想求功名，想出人头地，但是又要保持自己矜持与清高的形象。这些人做不成官的时候抱怨，做了官，如果官职不大也抱怨，从官场上被赶出来了依然抱怨！翻开中国文学史，有多少篇目期期艾艾，怨声载道。果真都是怀才不遇吗？我看不尽然吧，让他们都做了官，放在任上，未必能做出什么利国利民的业绩来，倒不如让他们发发牢骚，留下了不少千古绝唱。

## 5

今天的黄鹤楼与李白、崔颢时的黄鹤楼又有了很大的改变，可谓人非物也不再是，历朝历代的黄鹤楼都经过了样式与格局上的变化。今天的黄鹤楼是一座五层的建筑，内部还装了电梯。然而我更情愿拾级而上，内心大抵总觉得这样更虔诚一些吧。

登上楼台，已经眺望不到鹦鹉洲的影子，这座让后世文人心有戚戚然的江心洲在明末清初的时候已经沉入了江底不见，空留下一段故事和些许斜阳残照里临风凭吊的背影。

不过对面的晴川阁还是看得很清楚的，那已经是汉阳的地界。崔颢当年写“晴川历历汉阳树”时还没有此阁。这座楼阁始建于明朝嘉靖年间，和黄鹤楼一样，也是屡毁屡建。我那次是在雨天游的晴川阁，同样有点儿不合时宜，不过游人奇少，心境也平和很多。一位导游姑娘为我指点，说这里才是武汉这座城市观赏长江的最佳地点，只是宣传力度不够，名气也和黄鹤楼没得比，人也就来得少。然后她又倔强地指了指对岸的那片楼阁，说其实那里也是赏黄鹤楼的最佳之处，只有站得远一点儿，才能看到全景。一句话让我一惊，大有“不识庐山真面目，只缘身在此山中”的禅意。

不过我终究还是不能免俗地登上黄鹤楼的顶层，刚才还熙熙攘攘的人流顿时清净了不少，沿楼四周转了一圈，将栏杆拍遍。这里就像历代文章里说的那样，北望中原，南极潇湘，西通巴蜀，东眺江淮，真无愧于“九省通衢”的名声。

凭栏远眺，除了唐诗宋词里的风花雪月之外，从心底升腾的一股豪气喷涌而出。那一年的三月烟花，那一年的白云黄鹤。岁月悠悠，谁也不知道若干年后黄鹤楼还会变成什么样子，是宫阙殿宇，还是摩天大厦？然而无论它的外形如何变化，只要它的魂还在，我们就不会迷失在这长江岸边。

## 共饮一瓢春江水 //

在江南以南，有这样一条宛若玉带的长河横斜穿过浙江省的中部，由于流经区域的不同，它分别有着三个同样美丽的名字——钱塘江、富春江和新安江。

在这条长河两岸，散落着许多静谧的小城和俨若画卷的绿水青山。一路走来，那里的人们生活得平和而宁静，那里的姑娘们皮肤白皙，浅笑含羞，那里的老先生们惯于坐在江畔向我们这些后生念叨着“天半行云，山中流水，松间明月，江上清风”，那扬扬自得的陶醉和轻快的江浙口音，在中国历史文化的长河中让我们从不陌生。

我的脚步，就是从这条长河的一端开始的。

## 1

杭州城南，月轮山麓，雄壮的六和塔上站着一位英武的中年男子，他默默地立在那里多时，仿佛陷入了持久的沉思。他的目光透过塔身的窗棂，射在不远处正滚滚奔腾的钱塘江上，那一刻，幽幽然似一座雕像，眼神坚毅而忧伤。

这个人，就是这座六和塔的主人——吴越国的最后一位国主钱俶。

在那个被我们后人称为五代十国的乱世，藩镇割据，政权更迭，江山易手，兴亡只在旦夕之间。尽管战乱不断，山河破碎，百姓涂炭，但是吴越钱氏却在这周遭乱世之中经营着一方乐土，百姓安居乐业，生活稳定富庶，作为吴越国都的杭州也在钱氏三代五主的精心经营下显露出了人间天堂的风采。

尤其是钱俶，十八岁即王位，雄姿英发，安民保国做得井井有条，颇有他的祖父开国国主钱镠的风范。与吴越国北边接壤的是南唐，当时的国主正是我们所熟知的才子李煜。就在这位李后主“晚妆初了明肌雪，春殿嫔娥鱼贯列”地过着锦衣玉食、歌舞升平的日子的时候，几百里之外的钱俶却正在身体力行地视察农桑，兴修水利。

钱俶信佛，为了祈求自己的子民太平安康，在不大的疆土之内修了大大小小的寺院一百多座。若是他的统治时间再长一些的话，恐怕凭他一人之力便能赶上杜牧之“南朝四百八十寺”的诗情画意了。

钱塘江的水患一直是吴越国的头等大事，钱俶听取了僧人智元禅师的建议在江边山上修建了这座高大壮硕的六和塔，用来镇住江水泛滥。六和塔建成的那一年，钱俶已经过了四十岁的生日。塔成之后，他总喜欢一个人登到塔顶静静地发呆，望着四周锦绣的国土，望着眼前开阔奔腾的钱塘江，眼神一如既往的坚毅，不过在这坚毅的目光之后，还有一缕不安的担忧。

## 2

因为，比钱塘江潮更为凶猛的宋朝军队就要来了。

公元974年，卧榻之侧不容他人酣睡的赵匡胤开始攻打南唐，南唐后主李煜负隅抵抗向吴越求援，但被钱俶拒绝了，不仅如此，他还派兵助宋灭南唐。一年后，南唐在华夏的版图上彻底消失。在南唐灭亡的三年后，经过重重考虑的钱俶做出了一个重大的决定，亲赴汴梁向宋朝的第二个皇帝赵光义献图受降，归顺了大宋。

由此，后世有一些自命清流的书生颇为不齿，连文弱的李煜尚敢与宋军刀剑相拼，而堂堂的钱俶竟然连一刀一枪都未曾交手就做了降国之主，实在是贪生怕死，气节全无。

这段历史真的就这样盖棺定论了吗？其实，钱俶何尝不知道唇亡齿寒的道理，他又何尝不想在自己的这片小天地里长久地安逸下去。但是他更明白大势所趋，历史就如这江潮一般终归要东流入海，只手是难以阻挡的。用一场战争来强行改变这一轨迹，不过是徒增山河涂炭、百姓流离罢了。

痛苦地权衡之下，钱俶最终还是选择了放弃，用自己的江山和自由换取一方太平。他并非对于亡国无动于衷，就在临行之前祭拜祖陵的时候，五十岁的钱俶哭得像个孩子，都无法站起身来。我们还是要感激他的，从历史的角度看，他让人间天堂的杭城免遭了一场浩劫，让美丽的江浙大地免遭了一场浩劫，不然也许就不会有后来词人笔下的“烟柳画桥，风帘翠幕，参差十万人家”了。

钱俶北上开封去做他名不副实的淮海国王了，直到六十岁这一年去世，再也没有回到故土一步。临行之前，我想，他一定迈着沉重的步伐又一次登上这六和塔顶，望着眼前的钱塘江水，他甚至会幻想自己宁愿化身成为这座雄伟的宝塔，可以朝朝暮暮守在故乡江畔。

钱俶还是走了，英雄未必都是横刀立马，穷兵黩武，能够顺应天时，懂得并舍得放弃，亦是英雄。在他转身离去的那一刻，阳光透进塔身，将这个短短的王朝拉成长长的背影，深深印在塔壁之上。

## 3

就像追寻《诗经》中那位“在水一方”的佳人似的，我沿着钱塘江，亦逆流而上。经过富阳，不远就是桐庐了。

“钱塘江尽到桐庐，水碧山青画不如。”写这诗的人是韦庄。韦庄出生在唐朝末年，真是生不逢时。在长安应举的时候偏偏赶上黄巢起义，跑到洛阳，到后来“洛阳才子他乡老”，又流落到江浙一带，当时镇守江浙的正是钱俶的祖父——吴越国的开创者钱镠。韦庄在江南待了几年，终于在他五十九岁那年回长安考取了进士及第。但这并不是一场范进中举式的闹剧，他后来以六十六岁的高龄，应王建之聘入川做掌书记。朱温篡唐之后，力劝王建称帝，王建做了前蜀的皇帝，他做了前蜀的宰相。回顾来时路，韦庄的一生也称得上足够传奇，经历过风雨，享受过荣华，是个见过世面的人物，而他对江南“春水碧于天，画船听雨眠”的情有独钟也从来毫不掩饰地流露在他的诗句之中，直到终老。

江水到了这一段就改名叫作富春江了，仿佛在本已秀美的江面上又浅浅地镀上了一层诗意。舟行水上，快近桐庐县城时，会看到一座浮玉般的山峰，这便是桐君山。山并不高，但古风颇浓。江南的山大多都应了那句“山不在高，有仙则灵”的俗语，这一座也不例外。据说古时有一位仙翁曾在这里搭起一座草庐，每天上山采药，为百姓治病。当地人问他的姓名，他总不语，只是指指满山的桐树，于是人们就称他“桐君”了，而县城“桐庐”这个名字恐怕也是由此而来。

午后登桐君山，山的垂直海拔虽然仅有六十余米，然而拾级崎岖而上，头顶还是出了一层薄薄的汗。登到江天极目阁，看到茶铺的幌子，坐下来点了一壶雪水云绿，这是桐庐本地的名茶，据说还是宋朝时的贡茶。一杯香茗入喉，江风习习，整个人就静谧下来。

这里是桐君山的最高处，也正是俯望富春江的好地方，江面澄净，渔船点点，一下让我想起郁达夫先生在《钓台的春昼》中写他一个人夜探桐君山时的情景，他也正是在这个地方遥望桐庐县城里的点点灯光和江边忽明忽灭的渔火。彼时半山腰似乎还有一座道观，但今天已经不存在了。

下山回县城，必须要经过一座架在天目溪上的悬索桥，直到二十世纪九十年代，这里还是没有桥的，虽然遥遥相望，但却咫尺天涯，往返于桐庐县城和桐君山之间还是要靠舟楫相渡的。后来为了方便百姓，当地政府在 1995 年修了这座两百多米的悬索桥。桥头立有一方石碑，碑记写得古风盎然，果然不负才子之乡的盛名。

## 4

山清水秀的地方最容易造就才子佳人，刚刚提到的郁达夫先生便是富阳人，是地地道道的富春江上人，他把家乡的山水都浓缩到了笔下的文章之内。每每读到他《钓台的春昼》的时候，那感觉真是云淡风轻，总仿佛是身临其境地跟随着先生游历了一番似的。

先生笔下的钓台，写的是桐庐城西南二十多里外的严子陵钓台，是需要雇船走水路才能到的。严子陵是东汉光武帝刘秀的老同学，刘秀登基做了皇帝之后，很希望他能出来做官辅佐自己，但是严子陵不愿出仕，没有给皇上同学这个面子，而是携妻隐居富春江，渔樵耕读。据说刘秀还亲自跑到富春江来请他，严子陵好吃好喝好招待，还和皇上同榻而眠，但就是不肯出山。最终刘秀悻悻而去，严子陵终老林泉。

淡泊名利、宁静清高、不慕富贵、不媚权势，这几乎囊括了所有中国式文人的理想气节，注定会引得后世的晚生们纷沓而来凭吊感怀。这不，李白来了，孟浩然来了，苏东坡来了，陆放翁来了，朱熹来了，康有为也来了。那一年，范仲淹正好被宋仁宗贬到桐庐县来做官，第一件大事就是跑到富春江畔修了一座严子陵祠堂，并题写了“云山苍苍，江水泱泱，先生之风，山高水长”的碑文。

这还了得！我们称范仲淹为“范夫子”，而我们的范夫子称严子陵为“先生”，这下严子陵钓台更是声名远播了。后世一代一代的文人、官员、游客从四面八方赶来，据不完全统计，有名有姓的文人、官员就已经达到一千多位。不知道当初来到这富春江只想安安稳稳过上几天清净日子的严子陵，若是泉下有知，看到这种局面，又该作何感想呢？

在我看来，掺杂在这一千多位凭吊隐士的来者中，口是心非、道貌岸然的必不在少数。中国的文人和官员是中国社会最虚伪的一个群体，嘴上口口声声说着淡泊名利，心里却在凿凿实实盘算着如何名利双收。文人想做官，做了官想捞钱，有了钱又想做更大的官、捞更多的钱……只有在失意的时候才会想到归隐遁世，而在春风得意的时候有哪个想过急流勇退？这让我想起了苏州城里的拙政园、同里镇上的退思园，官做败了，这才想到回到家乡置个不小的产业过所谓的隐退生活。其实退思也好，拙政也罢，不过是以退为进，似拙实巧的手段罢了。倒是身为女人的李清照更坦白，她在诗里写：“巨舰只缘因利往，扁舟亦是为名来。往来有愧先生德，特地通宵过钓台。”易安居士直抒胸臆，世上追逐的不过“名利”二字，自己也摆脱不了这两个字的羁绊，由于实在愧对淡泊宁静的严子陵，所以路过钓台的时候还是选择在夜里经过吧。

这个世上，率真如易安居士者，实在是太少了！

## 5

从严子陵钓台继续逆流而上，行至建德，这条江就叫作新安江了。江水穿过的小镇也以江名命名。

到达新安江镇已近黄昏时分，闲散地行走在小镇之上，湿润的空气中都能嗅出慵懒的味道。身旁的江水或急或缓地流淌，岸边金黄的油菜花优雅地怒放，三五只渔船散落地系在江畔，船的主人不见了踪影，大概早已跑到岸上的小酒馆里推杯换盏去了。夕阳的余晖洒满了整个江面，小城安详地沉谧在即将到来的夜幕之中。三三两两的女人抱着要浣洗的衣服成群结队地出现在江边，不一会儿，清脆的笑声夹杂着砧砧捣衣声随风飘来。是的，“玉户帘中卷不去，捣衣砧上拂还来”，这声声入耳的捣衣声，这被文人们奢侈地放进唐诗宋词中的捣衣声，每一天都在这宁静的小镇上平凡地响起。

回到酒店，拉开窗帘，落地的玻璃窗外正是江流宛转的江水。沉浸在夜色中，远处的青山都印成了苍郁的轮廓。缓缓地，有点点的亮光在江上移动，那是载着游客的夜航船在黑暗中航行，去向更远的地方。

## 风雨宁波天一阁 //

1

提到宁波的鄞县（今宁波市鄞州区），恐怕很多人并不熟悉，甚至可能对于“鄞”字的读音还拿捏不准。十年前，由于工作的原因要对王安石变法进行研究，在翻阅资料的时候才知晓了这个地名。而让我惊诧的是，就是这么一个小小的地方，竟然是走进王安石心路历程和梳理清楚北宋王朝兴衰始末的一条必经之路！

那么我们就随着王安石到鄞县走一遭吧。

他到鄞县来做知县的那一年只有二十七岁，正是雄心壮志、意气风发的年纪，而这也是他人生中第一次出任一把手的工作。当时的鄞县贫敝不堪，人心涣散，由于地处沿海，县内又有奉化江流过，但是县内的水利设施年久失修，没有水旱灾害的时候，尚且食不果腹，若是赶上灾害的话，更是一切都被浸在水中成了泡影。

王安石新官上任，第一件事就是花了十几天的工夫亲自走遍鄞县东西十四乡，探民情，做调研，了解第一手情况，之后便开始逐步实施他那些早已了然于胸的政治策略。

首先就是抢修水利设施，他不仅身先士卒，亲自在第一线，而且还贴出公告奖励人们动手开垦荒地，兴修水利，这便是他在日后变法中提出的“农田水利法”的雏形。紧接着，因为看到老百姓每到青黄不接的时候，常常贷钱于那些大户人家，利息极高，往往最后债台高筑，家破人亡，于是他便将政府粮仓中的粮食和种子借贷给乡民，只加收一定的利息，到秋后时本息一并偿还，这便是“青苗法”的雏形。为了确保治安，王安石将老百姓按户分组，十家组成一保，十小保为一大保，十大保为一都保，各级都有保长，农闲时集合在一起军训，平时则负责白天和夜间的巡查，这一措施让鄞县的治安情况有很大的好转，这便是“保甲法”的雏形。在解决了水利、农业、治安等问题后，王安石开始抓教育，办公立学校，遍求名师出山，来为鄞县、宁波培养下一代人才。在他亲自登门邀请的老师中，就包括了以杜醇、楼郁为首的在当时大名鼎鼎的“庆历五先生”。

就这样，宁波鄞县一下子成了公元十一世纪北宋王朝的一个“特区”，在王安石的治理下，短短三年时间，按我们现在的讲法，鄞县从全国的贫困县一跃成了百强县。王安石在鄞县的作为自然也引起了朝廷的关注，若干年后，身为副宰相的他实施了那场轰轰烈烈的“熙宁变法”，把当年的“鄞县经验”发扬光大。

变法最终还是由于统治阶层内部的复杂因素而失败了，并且王安石的那些政敌抓住机会在朝野内外掀起了一场“倒王”的轩然大波，对其肆意地进行攻击和诬陷。尽管如此，鄞县的百姓们对自己当年的父母官依然不改初衷，对王安石的祭祀活动历代不衰，一直延续到了清朝。据说至今还能在鄞县找到诸如安石乡、王公塘这样带有明显烙印的地名。这些往事说起来颇令人感动，在政治混乱昏暗、人情冷暖淡薄的北宋末年，是鄞县的百姓让这段时光变得温暖明亮起来。

2

王安石虽然在全国范围内的变法以失败告终，但是他对宁波地区的影响是深远的，甚至超出了一朝一代这样的范畴。比如他对教育的投入，在鄞县办县学，聘名师，传播文化，史料上记载“庆历之际，学统四起”“鄞慈二邑文风之盛”。在王安石去世六十八年之后，宁波出了历史上的第一位文状元，就是宋朝著名的爱国词人张孝祥。张孝祥只是个开始，在此后到南宋灭亡的一百年间，宁波又出了四位状元，其中三位都是鄞县人。

王安石就像在这里撒下了一颗文化的种子，经岁月浇灌，生根发芽，枝繁叶茂。至封建王朝结束，宁波地区一共出了十二位状元、两千四百三十二名进士和上万名举人。而王守仁的“阳明学派”、黄宗羲的“浙东史学”更是一脉相承，名扬四海。

谈到宁波的文化气场，恐怕是无论如何也绕不过去天一阁的。

明朝前后，藏书成为一种时尚的风气，全国范围内的藏书家和藏书楼着实不少。就江浙一带而言，比如童伯礼兄弟的石镜精舍、胡万阳的南国书院、丰坊的万卷楼、范大澈的西园和陆宝的南轩等，这些都是可以和天一阁比肩的著名藏书楼，甚至有些藏本比起天一阁来更丰富、更精辟。然而若干年后或若干代后，我们会发现这些藏书楼或者是因为失于火灾，或者是由于家庭的变故，或者是由于管理松弛，总之都如昙花一现，走上了衰败的结局，只有天一阁的范家还在一代一代进行着书香接力的延续。

漫步于范家这座充满中国传统味道的园子，青砖、廊庑、马头墙、戏台、花影、小池塘，是江南园林一如既往的精致。以至于在不经意间瞥到这座朴素的二层木质小楼时，如果不看楼匾，我竟然有点儿不敢相信，这就是中国文人日思夜想的圣地——天一阁。当年官拜兵部右侍郎的范钦不惜花重金把自己的宅院修葺得气派奢华，却让自己最心爱的藏书楼素面朝天，这大概就是藏在文人们心底“腹有诗书气自华”的价值观吧。

范钦是明朝嘉靖年间的高官，宦游四方，俸禄也拿得滋润，似乎也没有什么不良的嗜好，把钱都花在了搜书、买书和藏书上。自从建了这座天一阁，范钦最开心的事就是邀上三五知己登楼饮酒品茶，观书谈诗。但是随着年龄渐渐增大，范钦的忧虑也越来越重，他在思虑自己有一天去世了，这座藏书楼的命运将会如何？自己的后代又有谁会心甘情愿地守着这些不能吃不能喝还要年年往里搭钱维护的故纸堆呢？

范钦在过世前立了一份让人大跌眼镜的遗嘱，他把自己的遗产分成了泾渭分明的两份，由自己的儿子们挑选。一边是良田千亩，白银万两；一边是藏书楼一座，书籍万卷。范钦轻轻地把眼睛眯上，装作很平静的样子，我想他内心其实一定紧张得要命，或许手都在微微地颤抖，因为他害怕自己的耳朵听不到心中期盼的那个回答。

长子范大冲的挺身而出让范钦安心地闭上了眼睛，他一肩担起了天一阁藏书楼的重担，并且一代一代地接力延续下去，这一传就是四个朝代四百余年。为了不让天一阁重蹈其他藏书楼中途衰败的覆辙，范家人想了很多的措施。再也不能像范钦那样呼朋唤友地登楼看书喝酒了，天一阁有了严格的规定：烟酒切忌登楼，不得无故入阁，不得私自领亲友入阁，不得借书与外房他姓，外姓人不得入阁，代不分书，书不出阁……这一道道牌子就挂在入阁的楼梯口处，阻挡住后生晚辈殷勤期待登楼的一双双腿。

我面前的天一阁，依然一如既往地高悬免进牌，我的脚步停在了那里，和之前四百年间不计其数渴求入阁读书而被拒之门外的人的脚印重叠在一起。

范钦守住一座天一阁，是因为痴，对藏书的痴迷。范大冲守住一座天一阁，是因为孝，对父亲的孝悌。范氏的后代子孙们守住这座天一阁，则是一种与生俱来的情结和责任，他们甚至不知道自己的家族为什么要倾尽了所有心血守住这座藏书楼，而自己明明是范家的一员却不能自由地登楼读书。我想每一位范家的子孙都会有这样的疑惑吧，而他在长辈面前得不到这个答案，而多年以后自己成了长辈也无法给晚辈们一个答案。

## 3

宁波的市中心有一处叫“三江口”的地方，是宁波最繁华的地段，姚江、奉化江在这里汇成甬江流入东海。

果真是靠山吃山，靠水吃水，沿海的宁波在很早的时候就开始开发和利用优良的港口。七千年前的河姆渡遗址就挖掘出了陶制的船模和木浆，证明了在那个时代宁波就有了航海的活动。到了唐宋时期，更有大批大批的丝绸、瓷器、茶叶在这里启航，运往朝鲜、日本和东南亚等国，开启了著名的海上丝绸之路。同样，各国的船队也从宁波靠岸，带来了他们的特产和货物，史书上记载“海外杂国，贾船交至”，一时间宁波成了国际贸易的大港口、大都市。宁波历史上以出商贾闻名，或多或少受到了那个时候的影响。

到了明朝国力最强盛的时候，郑和七下西洋，所选的宝船大都是宁波制造，当时宁波的造船技艺独步天下。追随郑和的水手中，百分之七十也都是宁波人。有趣的是这些宁波人在海上航行无所事事的时候，为了打发时间，研究了一种纸牌的玩法，这就是麻将的雏形，后来又经过清朝的宁波人陈鱼门的改进，演变成了现代的麻将。中国唯一的一座麻将纪念馆就在宁波。

国力由盛变衰是在清朝中叶，洋人用鸦片和枪炮轰开了我们闭关锁国的大门。1842年签订的《南京条约》让我们被迫开放了一批通商口岸，洋人的眼光是独到的，马上选择了宁波作为第一批开放的港口。沉寂了许久的三江口又开始喧闹起来，列强的货轮进进出出，西洋的建筑拔地而起，开启了宁波的又一个时代。

那段屈辱的历史在辛酸中逝去，留下这座百年老外滩作为见证。如今这里也不再是喧哗混乱的租界码头了，而是因地制宜地开起了一家家欧陆风情的咖啡馆。夜幕下，悠扬的音乐声轻轻在坊间响起，石子路上反射着柔柔的路灯的灯光，在一扇临江的窗子前坐下，点一杯卡布奇诺，品尝一段旧时光的香醇味道。

## 4

咖啡毕竟是西方的舶来品，到了宁波还是要尝一尝当地特色的酒酿圆子和鲜肉小笼的，于是匆匆赶到城隍庙的夜市，一家一家地对比，看到底哪一家更为地道。城隍庙被建成了一座现代化的市场，怎么也和我脑海中的想象对不上号，穿过了岁月的宁波的脸，这大概也是与时俱进吧。

宁波就是这样，总是在传统中彰显着现代的元素，又在时尚中留存着复古的风范，让你永远难以归类它到底应该属于哪一边。这座城市曾在南宋政权流亡期间被升为庆元府，这座城市也一直是国际化的贸易港口，西方的风潮总是率先从这里登陆。无法总结，索性就把笔抛到一边，不去做徒劳的分析，只管面对，只管享受在这里的每一分钟，就像夜幕中的天封塔——这座古宁波最高的建筑，俯视着今天城隍庙的纷彩霓虹，是无奈，是落寞，还是有一份欣喜抑或从容？

## 江湖夜雨桃花岛 //

1

昏昏沉沉中，妻子推开了半梦半醒的我，用手指着车窗外：“海边，我们到海边了！”

现在的位置是宁波的北仑港，正是浙江大陆的最东端，紧连着茫茫一片东海。我们就要在这里离开乘坐的客车，登上汽轮，载着我们漂洋过海地去往那个目的地小岛。

两个自小生长在内陆的“土包子”第一次切切实实地面对大海，然而这第一次的亲密接触却着实让我们大跌眼镜，海水的颜色竟是那么混沌，海水的味道竟是如此腥臭，我们在车中屏住了鼻息，愕然相对，紧皱着眉头，甚至有点儿怀疑起自己是不是也染上了几分叶公好龙的嫌疑。

汽轮启动了，终究还是不甘心，从车上下来，踱到甲板的栏杆边上。海风扬起扑在脸上，拨开层层薄雾，随着我们的航行，刚才那强烈的腥气竟渐渐地淡去，海水的颜色也逐渐沉郁明净起来。刚才在岸边感受的一幕仿佛只是一个短暂的幻觉，抑或就像旧版武侠小说中那些精灵古怪的姑娘，故意把自己装扮成丑陋不堪的模样来戏耍于人，而当揭去那张蒙人的面具之后，却是摄人魂魄的美。

行走于海上，我早已失去了方向感，不时地有一座座小岛在我们的视线中飘过。与其说是岛，不如说是从海中冒出头来的小山罢了，忽远忽近的，郁郁葱葱地披着一层绿色，傲然却不突兀。

按说这种地方是种不了粮食的，也不会有人居住，雾气氤氲中望过去，蒙在心头的是一种未知的神秘感。我忽然想起白居易那首著名的《长恨歌》：“忽闻海上有仙山，山在虚无缥缈间……”我真希望我们的船能与这些小岛靠得近些再近些，或许在擦肩而过的一刹那，真的会看到一张已经远离我们一千多年的肤如凝脂的故人脸庞。那该是一场天大的惊喜。

## 2

经过半个多小时的海上航行，我们的客车终于又踏上了陆地。舟山群岛在任何一张标准版比例尺的中国地图上都只是密密麻麻的一团黑点，而我们脚下的这片土地便是这团小黑点中的一个——舟山群岛的第七大岛——桃花岛。

一提起东海桃花岛，武侠迷们恐怕马上就会脱口喊出那个桀骜不驯的东邪黄药师的名字，还有他那个精灵古怪的女儿俏黄蓉。不知道是先有了这桃花岛之名，然后才引出了这么精彩的江湖故事，还是由于金庸小说的风靡而成就了这座原本默默无闻的东海小岛？

这恐怕已是一段纠结不清的公案，好在也没有太多好事之人愿意刨根问底地去溯源。今天在桃花岛上还建有一座黄药师山庄，不过却是游客们餐饮投宿的高级去处，而据说当年黄药师练就独门绝学弹指神功的地方——弹指峰，今天也成了招揽生意的热门观光景点。

在金大侠的笔下，黄药师在桃花岛内的精舍，外面尽设机关，奇门遁术，八卦五行，一般人是轻易进不来的，而今天我们是如此大摇大摆、长驱直入地纷至沓来，不知道这位性格乖僻的老人家会不会一气之下弃了此地，漂洋过海另寻一处清净之地。

三月天，草长莺飞，按说正该是岛上桃花灿若蒸霞的时节，然而呈现在眼前的却是桃枝寥寥，难觅芳踪，直教人大呼名不副实。倒是大片大片的油菜花，金灿灿地直扑眼帘，漫山遍野地颇见气势。这时节，想赏油菜花的人恐怕都人头攒动地跑到徽州、婺源去了，能在这里偶遇这一片怒放的金黄，也该算是一场意外的欢喜。

## 3

乘坐岛上的小巴很快就找到了我们预订的住处，据说是桃花岛上最好的度假村，名字叫作“江湖会所”，看来到了这座小岛，注定是逃脱不了血雨腥风的武林纷争了。

敲开接待室的房门，被迎上来的大堂经理直接喊出了姓名，大为惊叹这里的服务水准竟如此之高，听过解释之后才不禁莞尔，原来今天只有我们一家入住酒店，别无他人。现在还是桃花岛旅游的淡季，专程来的游客很少，大多都是闲游一番，然后就去了不远处的普陀或者定海，能留下在岛上过夜的更是寥寥。我不由得转过头得意扬扬地同妻子戏谑起来：“我们用一间房的价钱包下了整座度假村，这里只属于我们两个人了！”

离江湖会所不远处就是桃花岛著名的塔湾金沙，是整个舟山群岛中的第二大沙滩。据说是因为一到了夏、秋两季，每当破晓时分，星辰消失，旭日钻出海面的一刹那，海天、沙地浑然一体，形成“金沙日出”的天象景观而出名，引来无数慕名而至的访者。现在只是乍暖还寒的春天，或许我们来得还不是时候，又或许我们来得太是时候，因为在我们踏上这一片沙滩的那一刻，又惊奇地发现，这里竟然也是空无一人。

两个人的度假村，又是两个人的海滩，这接连的奇遇让我和妻子幸福得有些目眩神迷，仿佛置身于一片童话世界当中。但这又是千真万确的，碧蓝的海水就在眼前，细软的沙滩就在脚下，相比于印象中那些人声鼎沸的海滨和惊涛拍岸的海浪，这里的海湾显得妩媚而娴静，竟和平静的湖面有几分相似。尽管只有我们两个人，我们却不忍大声地说笑，因为生怕一个不小心的喧哗，就聒碎了这一片世外仙境般的恬静。

天黑了，月亮从海面浮上来，周遭更加沉寂，我们坐在沙滩上，听着有节奏的涨潮声。我向妻子说起了张九龄的“海上生明月，天涯共此时”，这诗句从孩提时代便反反复复地吟过多少遍了，但若不是像今天这样真正地身临其境，恐怕永远也体味不出这其中的感触。

妻子说，这里真是一个隐居红尘之外的好地方，不过又有点儿太过寂寞了。

妻子的话让我顿时想起了一个人，一个在这座孤岛上隐居多年的名士，他叫安期生。

## 4

安期生是两千多年前的战国人。由于时代实在是太久远了，他的身份也有了多个版本的演绎。有人说他是个谋士；有人说他是个方士；有人说他擅长医术，四处行医卖药；还有人说他就是一个踪迹莫测、道法高深的神仙……

或许这些五花八门的身份并不矛盾，综合起来便是他一生的脉络。安期生最初确实是想做一位指点江山、达济天下的谋士的。在秦始皇东巡的途中，他专程找到这位始皇帝，促膝交谈了三天三夜，向对方推销自己的谋略和思想。尽管相谈甚欢，但是秦始皇似乎对安期生在行医炼丹这方面更感兴趣，策略一条未采，反而赏给他金银珠宝，让他去海外替自己寻找长生不老的仙草。

安期生看出自己的抱负在秦始皇这里是无法实现了，也就借着寻找仙草的台阶，到东海之滨归隐了。到后来又过了若干年，项羽造反起义，安期生又满怀希望地跑到项羽那里推销自己的治国之道，可惜项羽同秦始皇一样，对他的策略同样不感兴趣。这一回，安期生颇有些心灰意懒了，于是一叶扁舟翩然而至远离华夏大陆的桃花岛上，过起了他那神仙般的逍遥日子。

陆游在他的一首《长歌行》中开篇就写道“人生不作安期生，醉入东海骑长鲸”，对于安期生的隐逸行为颇为不屑。这未免有些不太公平。毕竟安期生最初也是一腔抱负，无奈无人赏识，最终才落得孤芳自赏。“穷则独善其身，达则兼济天下”，出世与入世，自古就是中国文人们百转千回的一个纠结。入世就要入得坚决，出世就要出得洒脱，司马迁在《史记》中记载安期生在桃花岛隐居“合则见人，不合则隐”，便颇有几分仙风道骨了。

他在岛上的生活非常惬意，采药、炼丹、作画、饮酒，酒喝着喝着便醉了，每每兴起，拿起毛笔蘸着墨汁在山石上挥毫作画。酒醉到深处，放浪形骸，无拘无束，把笔抛在一边，以天地为画布，直接将墨汁端在掌中，遍洒在石头之上，久而久之，石头上留下一道道恰似桃花般的墨痕，岛上的人叫它“桃花石”，桃花岛之名也是由此而来，其实与碧海潮生看落花的黄老邪并没有多大干系。

安期生的这些大手笔至今在岛上还能够寻到，《史记》上说有人在汉武帝的时候还曾在桃花岛上见过他，看见他在吃像瓜一样大小的巨枣，一副逍遥自在的样子。后来就没有了他的消息，又有人说他是羽化飞仙了，真的登了仙界。我是个无神论者，自然不相信这些，不过话又说回来，如果真的能够看透红尘中的名利繁华，放下一切羁绊而生活的话，那么每一个人，都是神仙。

## 5

我和妻子趁着月光在岛上的小路散步，想象着这样的月光也曾照在两千多年前的安期生身上，那个被寂寞拉长了的身影，正在品享着他所追求的岁月静好。

这条小路正在安期峰下，侧倚着高山，静得很，已经听不到不远处塔湾金沙的涛声，道路两边是零落稀疏的房舍、大片大片的田地、荒草和油菜花。在这条曲折的路径之上，我们不知道走了多远，走了多长时间——在这个已经远离大陆版图，甚至在我们看来颇有些与世隔绝的小岛上，时间和空间的概念已经一团模糊。

直到眼前不远处出现了那座融在月光下的寺庙。远远望着，隔着一层月色，宛如一场梦境，我竟怎么也回想不起白天来时的路边曾有这样一座精致的小庙。不知道是否还有僧侣在这里修行，也不便去做月下轻敲僧门那般诗词风雅的事来，免得惹了方外之人的清修，那倒真的是罪过了。

在如此的一个月夜，寂静无涯的四野，即便只是这样远远地凝视，心头也蒙上一层薄薄的暖意和淡淡的澄澈。人，或许都是有慧根的，会在某一种气场下或某一个时刻幡然顿悟。我们平时把精力太纠结于熙熙攘攘的红尘市井之中，内心被琐事填得满满当当，没有余地也没有余力去静下心来，梳理一下心境深处的尘埃。我是如此幸运，那一夜的冰轮海岛，那一片在静夜怒放的油菜花海，那一条指引我来到这里的狭长路径，一切的一切，恍如隔世。

后来我从当地人口中知道了这座寺庙的名字，叫作“白雀寺”。就是这样一座不起眼儿的寺庙，背后却有着一段不平凡的因缘。当初曾经有一位公主因为感念众生的悲苦和人世无常而毅然抛弃了尘世的富贵生活来到这里出家修行。她的皈依受到了重重阻拦，他的父亲，也就是那个国王，为了唤回自己的女儿，甚至一度令人放火要将白雀寺化为灰烬，但是依然未能熔化公主一心向佛的执着。这个女孩子终于历经了层层磨难，修得正果，而她便是后来那位在民间救苦救难的观世音菩萨。

离桃花岛不远处的普陀山，相传就是观世音菩萨的道场，她在那里春风化雨，普度众生。每年都会有成千上万的信徒和游客去到那里，烧香祈愿。那里人头攒动，香烟缭绕，却极少会有人寻根溯源地驾一叶扁舟渡到这边来看一眼这座零落在乡野的小小庙堂。

## 6

位于华夏版图之外——东海之上的小岛，一度在世人眼中成为归隐修身的海外仙山，近几百年来，却依然未能逃脱战火的洗劫，甚至由于它特殊的地理位置，更加具备重要的战略意义，这里的民众反而遭受了更为残酷的冲击。

海贼在这里安营扎寨；倭寇从这里上岸补给；满人南下，晚明的小朝廷在这里负隅顽抗；清廷一统，郑成功的舰队在这里反清复明；到了清朝中后期，鸦片战争烽烟一起，这里又俨然成了英军在中国的海岸线上自广州北上京津的一块踏板，在这里发生了鸦片战争中最壮怀惨烈的战斗。谢晋导演曾经为了拍摄电影《鸦片战争》，在桃花岛的一角复原建起了一座定海城，古炮箭垛，雄壮依然，像一块铭刻了历史的磐石牢牢地岿然伫立在惊涛拍岸之中。

今天桃花岛上的原住居民大约还有两万多人，他们大多都是清朝康熙年间从全国各地过来的移民后裔。当年他们的祖先从故乡来到这里，多少年过去了，今天这里已经成为他们的故乡。不过由于近几十年，岛外发生了翻天覆地的变化，而桃花岛本身在交通、信息、文化等多方面的闭塞，很多年轻人忍受不了岛上江湖夜雨的清寂生涯，纷纷跑到周边的大城市里去打工和生活。有趣的是，同时又有不少从上海、杭州或宁波等地赶来的老人在这里赁房居住，享受这里世外桃源的清闲和散淡。

茅草屋码头的渡轮每日里就是这样来来往往地接送着这些船客，我和妻子也要在这里坐船先到定海，再换车返回宁波。船行并不多时，当全国闻名的沈家门海鲜夜市灯红酒绿地出现在我们视野之中的时候，我回过头去，却已寻不到桃花岛的影子。我不由得一阵落寞，一颗心就这样迷失在了这茫茫雾色的江海之上。

## 秋水长天南昌月 //

1

一千三百多年前的重阳佳节，南昌城已经告别了夏日的暑热，秋高气爽，迎来了一年当中最好的时光。赣江与抚河交汇之处的滕王阁上彩旗飘摇，笑语欢歌，这里将迎来一场奢华的盛宴。

中国古代的官员们都热衷于找出一个由头组织一场盛大的聚会，邀上一些名流或者所谓的专家，各自说上一堆废话，总结出无数重大的意义，然后觥筹交错，喝个皆大欢喜。洪州都督阎伯屿大概也是这样的人，位高权重的他在自己的任上重修了这座长江名楼，正好趁着重阳节的名头，广邀宾客，举行一个庆祝仪式。

嘉宾的名单上有南昌城文职武将各级的官员，自然更少不了遍邀各地的文人雅士来粉饰太平。宴会的桌椅摆满了整个阁间，大家找到自己的位置后互相抱拳打揖，嘘寒问暖，只有叨陪末座的那位青年将头扭向了一边，只淡淡注视着窗外的江景，与整个宴会的气氛很不搭调。

这个年轻人便是二十六岁的王勃，他原本是要南下去交趾探望在那里做县令的父亲，路过南昌，正好赶上这个盛会。席上的人没有不知道王勃的，这个写出了“海内存知己，天涯若比邻”的后生早已在初唐的文坛小有名气，更何况他还是隋末两位大儒王通的孙子和王绩的侄孙，也算是名门之后了。然而席上也没有几个把王勃看得太重的，毕竟他身上没有一官半职，虽然以前在王府做过幕僚，但因为写了一篇《檄英王鸡》，惹怒了当朝皇上被驱逐出府，后来好不容易补了个虢州参军的职，结果还因为擅杀官奴犯了死罪，幸亏后来遇赦才保住了性命，从此落魄江湖。

恃才傲物的王勃在宴会上并没有多说话，只是一杯又一杯地喝着酒，听着那些“光鲜”的人物高谈阔论，指点江山，微微觉着有些好笑。江风吹得好爽，阁外的风景真的好美，王勃感觉自己的胸中似乎有一种难以名状的情绪在汹涌。

盛宴从上午一直持续到黄昏，已有了几分醉意的阎伯屿突然站了起来，提出要大家以文助兴，写一篇楼记。这不过是个小噱头罢了，阎都督早在几天前就让他的女婿吴子章写好了一篇《滕王阁记》，反反复复地修改，就是为了让他在今天的宴会上扬名立万。众人都明白其中的奥秘，纷纷含笑推辞掉送到面前的纸和笔，唯有到了末座的王勃，毫不客气地接了过来，铺在几案上，研磨蘸笔，准备一展身手。

以王勃的聪明才智，他不会不洞晓阎伯屿的意图，但作为一个文人，他也绝不会放弃宣泄自己才情的机会。阎都督显然对王勃的举动很不满意，甚至有点儿拂袖而去的意思，一个人走到阁外去了。众人一片哗然，似乎也颇为这个年轻后生不能成人之美而不忿，继而都围拢过来，想看看王勃到底能写出什么锦绣文章来。王勃毫不在意，如若无人地饮尽了杯中酒，开始泼墨挥笔。《唐才子传》中在记载这一段的情景时说："勃欣然对客操觚，顷刻而就，文不加点，满座大惊。"

王勃的一字一句早已通过下人传到站在阁外的阎伯屿的耳朵里。从最初扶着栏杆不屑一顾到继而低头沉默不语到最后的冲回阁中拍案称赞，阎都督终究还算是一个有气度的人，爱才并且惜才。而吴子章的那篇改了又改、修了又修的楼记在王勃的面前最终没有好意思再拿出手。

公元 675 年重阳的那个黄昏，落霞与孤鹜齐飞，新修成的滕王阁成了王勃一个人的舞台，永远铭刻在那一片秋水长天之中。

## 2

离开了让他名扬天下的南昌城，继续按原计划翻山越岭去南越之外的交趾探望父亲，谁承想在渡海的时候堕水而亡。据说当地的村民在海水涨潮的时候发现了这位已经失去了呼吸的名声显赫的中土诗人，把他厚葬于当地。而这个当地就是当年王勃父亲所管辖的交趾——在今天已经属于了越南北部的义安省。

王勃生前是个恃才傲物的文人，正是由于他的这一性情，招惹了无数的嫉妒和憎恨，让他短暂的一生充满坎坷。他的血液里流淌着诗情、张狂和叛逆，而他的死依然是那么桀骜不驯，隔着千山万水把我们远远地晒在一边，只是冷冷地注视。

在王勃去世的八十五年后，唐朝的另一位大诗人李白也来到了南昌。与王勃的志得意满相比，李白的到来就显得太灰头土脸、步履蹒跚了。五年前，安禄山在北方掀起了安史之乱，那时候李白正隐居庐山，永王李璘打着“平乱安世”的旗号力邀李白出山，辅佐军中。已经五十六岁的李白似乎忘记了多年前仕途的不快，还是按捺不住自己的雄心欣然接受了邀请。诗人依然像当年那样“仰天大笑出门去，我辈岂是蓬蒿人”，他在写给永王的诗中说“但用东山谢安石，为君谈笑静胡沙”，他把自己比成东晋的宰相谢安，可以谈笑间帮助李璘平定天下。我们不得不承认李白的诗情是无与伦比的，但他的政治智商几近于白痴。他以为自己终于遇到了知音，终于可以施展自己一身的抱负，却不知道自己早已上了贼船。永王李璘早就有了谋反之心，他打着平贼的大旗，可他自己就是个贼，他三顾茅庐邀李白出山，不过就是想借“诗仙”的名声招揽更多的名流，拉拢更多的人心罢了。

李白兴冲冲地奔到永王的军中，脚跟还没站稳，就开始了和李璘逃亡的生涯。永王的兄长李亨即了皇位，下令讨伐叛军。李璘兵败如山倒，一路逃到了岭南，最终还是死了。李白也稀里糊涂地做了俘虏，被判了死刑，多亏郭子仪等人的搭救，才改为流放夜郎，途中又遇到大赦，总算捡回了一条老命。

此时的李白境遇相当落魄，在遇赦的第二年，六十岁的他来到南昌与为营救他四处奔走的老妻团聚，可谓百感交集。巧的是，永王李璘的墓就在南昌城南七十里的地方，不知道李白有没有过去凭吊一番，是该感念他的知遇之恩，让自己过了驰骋杀敌的瘾；还是该咒骂他把自己拉下了这浑水，搞得自己晚节不保……

历史如鉴，总是无独有偶的巧合。到了明朝正德年间，天高皇帝远的南昌又发生了一次叛乱。这一次的主角是封地于此的宁王朱宸濠，他像当年的李璘那样广招名士来提升自己的人气，江南一带知名的文人才子们都受到了他的邀请，其中就包括“明四家”中的文徵明和唐伯虎。据说文徵明接到邀请后，聘书连看都没看就把礼金原封退回，闭门谢客，而一向狂荡不羁的唐伯虎却乐得屁颠屁颠地走进了南昌的宁王府。

唐伯虎毕竟是个聪明人，不像当年李白那样老糊涂，进府之后，通过点点滴滴的观察，发现这个宁王野心很大，暗中结交朝中的权贵，私下招募武装力量，行为十分异常。于是保命要紧，唐伯虎使了一条装疯计，在宁王府里整日装得痴傻疯癫，胡作非为，让宁王很是无奈，这才得以脱身回到苏州桃花坞里去过他“酒醒只在花前坐，酒醉还在花下眠”的余生了。

朱宸濠造反的下场比起李璘来更惨，他从南昌起兵没多久，御驾亲征的正德皇帝的军队还没走到一半，就被主管江西军务的王守仁一举端了老窝，一个半月不到就做了阶下囚，后来被挫骨扬灰，连块墓地都没捞着。

## 3

忘记是哪位经济学家讲过，造反是成本最高的一项投资。稍有差池，就血本无归，不仅自己遭殃，还要连累家人、亲戚、幕僚、同事甚至朋友。朱宸濠造反之前，他的王后娄妃曾经题过这样一首诗给宁王：“妇语夫兮夫转听，采樵须知担头轻。昨宵语过苍苔滑，莫向苍苔险处行。”这位宁王最宠爱的女人明里暗里百般劝阻过他，但是朱宸濠已经心入魔道，无法挽回了，直到失败被俘，他才痛哭流涕地说：“负此贤妇也！”

而随军出征的娄妃在宁王被俘之前就跳赣江自尽了，令人惊奇的是，她的尸身没有随波逐流顺江而下，而是逆流漂回了南昌城。南昌的百姓有感她的贤淑，负责平乱的王守仁也网开一面把她葬在了德胜门外赣江边。

由于被破坏，现在再去江边寻访娄妃的墓碑已如白云黄鹤再也找不到了，好在南湖之滨还有一座杏花楼，我们可以追到那里去寻一寻这位美丽女子的影子。白墙黛瓦、花梁镂窗的杏花楼原来叫作“梳妆台”，是因为当年宁王经常陪着娄妃到这里烧香拜佛，娄妃经常在这里对镜理鬓，临水梳妆，故此得名。想来还是要骂一句朱宸濠太不知足，放着身边的如花美眷和王爷生活不要，却偏偏要做什么九五之尊的春秋大梦，真是鬼迷心窍，不可理喻。六十年后，大戏剧家汤显祖到这里小住，修改他的《牡丹亭》，并在这里的戏台进行彩排。在湖石点缀的园子里，风华绝代的杜丽娘婉转地唱出“原来姹紫嫣红开遍，似这般都付与断井颓垣”，算是给这段凄凉的故事作了一个总结。

汤显祖的《牡丹亭》在滕王阁的公演大获成功，一举成为东方戏剧史上最耀眼的明星。他是江西临川人，离南昌并不太远。令人称奇的是，自宋朝以来，江西的文人不知不觉占据了中国文坛的主导地位，我们拉出下面这样一份清单就会大吃一惊：在“唐宋八大家”中的六个宋朝人里有三个是江西人，分别是欧阳修、曾巩和王安石，“太平宰相”晏殊是江西人，理学大师朱熹是江西人，“江西诗派”的掌门人黄庭坚自然是江西人，“小荷才露尖尖角”的杨万里是江西人，“人生自古谁无死，留取丹心照汗青”的状元丞相文天祥也是江西人。那一段时间里，在孺子亭内，在百花洲畔，在翰林院里，在金銮殿上，一群操着江西口音的人侃侃而谈，激扬文字，指点江山。

南昌城把这些江西的骄傲都记录在纵横交通的道路上。当你一条一条地走过诸如渊明路、永叔路（欧阳修字永叔）、子固路（曾巩字子固）、阳明路（平叛宁王的大儒王守仁号阳明）、子安路（王勃字子安）的时候，你会感觉整个南昌就像一本典籍，你在一页一页品读着它的深厚与浓重。

## 4

若是给南昌这本古书加一页浓墨重彩的封面，我想一定非朱耷的山水画莫属。这位和前面所提到造反的朱宸濠同属于宁王朱权一支的明室后生，似乎更多地继承了远祖的艺术细胞，据说他八岁就能作诗，十一岁可以点染水墨还可以悬腕习楷书，是个天才少年。不过这一切的美好、温馨、浪漫都在他十九岁那一年戛然而止。

清兵入关进京，长达两百七十余年的明王朝轰然倒塌。虽然朱耷这一支早在他祖父的时候便已家道中落，但由于流着朱氏皇族的血，他的家庭还是面临着未知的冲击。逃难前后，他的父亲、儿子、妻子、母亲先后去世，当初热闹的大家族只剩下他孑然一身。国破家亡的境遇，让性格率真洒脱的朱耷更加狂放不羁。二十三岁的时候他落发为僧，做了十几年的和尚，在三十六岁的时候又回到家乡南昌郊外的青云谱道院做了道士。他的这一经历在常人眼里已实属怪诞，更为乖僻的是他从此就活在了自己的画卷之中。零落的残山剩水、肃杀的枯荷、翻着白眼的禽鸟鱼兽，这个疯癫的老头儿，每到酒醉之后就脱下自己的袍子，赤裸着身体在上面挥毫泼墨，署下“哭之”或者“笑之”的落款。

今天我们已经知道了这位被称为“八大山人”的画家，他的画已到了价值连城令人咂舌的高价，谁都想拥有一幅他的真迹来证明自己与众不同的品位，可是从那时到此时，谁又能完全读懂那个在青灯古卷下叹息着“墨点无多泪点多，山河仍是旧山河”的佝偻身影？

## 5

在南昌的日子是悠闲散漫的，这里的人们不紧不慢地上班下班，公交车不紧不慢地等着同样不紧不慢的乘客，走在湖畔的一对对年轻人不紧不慢地谈着恋爱，店铺的瓦罐中不紧不慢地煨着各种佐料的老汤。

淡淡的闲散是南昌式的幸福，但这绝不等同于懒惰和保守。南昌在一点一滴地变化，南昌人像舞动着太极推手那般绵里藏针地发力，谁能想象到这里竟然就是美国《新闻周刊》评选出来的“全球最具活力的十大城市”之一呢，和它同时榜上有名的还有英国的伦敦、俄罗斯的莫斯科和美国的拉斯维加斯。

美丽的赣江之滨竖起了巍峨的摩天轮，一百六十米的高度一度曾取代了英国的“伦敦之眼”成为世界第一。随着机舱缓慢地上升，我的脚下变成了一个绚丽的舞台，这拥有着绳金塔、滕王阁、青云谱、百花洲的古老城市，正在羽化飞仙中变得年轻、绚烂而且时尚。物华天宝的土地，秋水长天的黄昏，我就这样带着淡淡的幸福融入南昌的云间。

## 三醉岳阳人不识 //

### 1

据我推测，大概唐宋时期的岳阳城，应该要比现在热闹得多吧？

一下火车，走出站台，便是一惊。黄金周的岳阳火车站站前广场上空空荡荡，寥寥数人，与我印象中的旅游城市大相径庭。寻觅一番之后，登上开往岳阳楼的22路公共汽车，车上也只有零散的几个闲人。破旧的车子晃晃悠悠地开了起来，每逢一站，还要等上几分钟，以便拉上更多的客人。车子经过市中心，应该是岳阳城最繁华的地段了吧，人仍然是稀稀落落。一路上看到在修洞庭湖的沿湖大道，一片破破烂烂的败落景色。这便是闻名千年的岳阳古城吗？我一时间竟有些不知所措。

车子驶到一条安静的街道，售票员用湖南味的普通话嚷给我们听：“岳阳楼到啦！岳阳楼到啦！”我不禁又是一惊，忙往窗外看去，一条平常不过的街巷，道路不宽，店铺不多，更是少见行人。正惊愕间，车就此停了，下车的只有我与同行的朋友夫妇三个人。我们面面相觑，呆立了半天，同时从牙缝儿里挤出一句：“此地便是岳阳楼?！”

## 2

岳阳楼景区的大门还在马路对面的深处，进入之后，才感觉游人渐渐多了一些，但与昨日游过的武汉黄鹤楼相比，仍可用“沧海一粟”来形容。我却不禁又有些高兴起来了，历史上和书本里的岳阳楼从不缺乏热闹，人声鼎沸，今日里却能来一个闲游岳阳楼，也不免别是一番机缘巧合。

于是，又来了兴致，拾级而上，首先就看到了“南极潇湘”的牌坊。中国式的旅游自然少不了第一步的照相留念，摆了个姿势，招呼着友人。友人接过相机取景，突然就愣在那里，用手指着我的侧方：“看，好漂亮的湖水！”我扭头一看，可不是！八百里洞庭水就在眼下，波澜不惊，水光连天。宋人张舜民写过“木叶下君山，空水漫漫……醉袖抚危阑，天淡云闲”，此时此刻，我们就围在词人的诗句边，对眼前的美景颇有些措手不及的惊艳。

不经意间又一扭头，却发现不远处是一座雄伟的楼阁安然伫立，那屋顶恰似将军的头盔，这不是岳阳楼吗？哎呀，这情景好似一个深藏不露的魔术高手，一步一步将我们引入奇境。刚才的惊，瞬间变成了喜，惊喜之变，不过是一湖一楼。现在才有些明白，岳阳楼不同于黄鹤楼的气势与招摇，它更似一位饱经沧桑的长者，将自己的智慧与锋芒隐藏在这宠辱不惊的沉稳与内敛之下。

于是登楼。楼并不高，只有三层，却恰到好处。今天不是春和景明，也不是淫雨霏霏，平平常常的日子，在这千年的古楼之上，理一理心情。

## 3

岳阳楼具体的建造年代已无可考，具体的建楼者更是无从谈起了。不过，几个重修者都很有名。第一个重修岳阳楼的名人是东吴的大将鲁肃，鲁肃为人豪侠，又有智谋和眼光，他在诸葛亮出山前的七年，就已经得出了“三分天下”的结论，后来又为孙刘联盟共同抗曹立下了头功。当时的岳阳叫作“巴丘”，他将这座位于西门上的城楼重修，用来检阅和训练水军。遥想当年，洞庭湖上千帆竞发，鼓声阵阵，是何等的英豪。实话说来，鲁肃与周瑜在三国中都是一等一的风流人物，不过在罗贯中的笔下，一个成了憨厚老实的窝囊废，一个成了嫉贤妒能的小心眼儿，可惜啊可惜！

到了唐朝，又来了一位大人物，他叫张说。现在说起来，了解他的人似乎不多，但在当时，那是一个如雷贯耳的名字。在朝廷出将入相，任中书令，封燕国公，文采飞扬，是盛唐初期公认的文坛领袖。他被朝廷贬谪到了岳阳，便在鲁肃阅军楼的基础上进行了扩建和改造，并正式定名为“岳阳楼”。整日里与一群文人雅士在楼上饮酒作诗，赏湖观景，这个“贬官”做得好不自在。

后来，时光到了北宋，那是庆历四年的春天，一位人物闪亮登场了。但说“闪亮登场”也似乎是不太妥的，因为他也像当年的张说一样，是被贬谪到这里来的，说不定还有些灰头土脸。他，便是滕子京。滕子京在来到这里的第二年，便集资重修了岳阳楼，并“刻唐贤今人诗赋于其上”，他自己也是填了一阕词的，不过大概自知才华有限，影响力也有限，便将一幅有岳阳楼和洞庭湖的山水画寄到了千里之外的邓州，请他的老朋友——贬谪在那里做知州的范仲淹写些东西。

范仲淹拿到画后，感慨万千。不久前，他刚刚因为主持“庆历变法”失败而被贬谪，正有千言万语要说，同时也想安慰一下同被贬谪的老朋友滕子京，于是借此机会，唰唰点点，一气呵成，将心中所感都融在这文字中，字字铿锵，声声入耳。于是，一篇阴差阳错的《岳阳楼记》在邓州诞生了。

这便是中国文人的本事，也是中国文化一个很奇妙的现象。一生都没有登上岳阳楼一个台阶的范仲淹，却留下了一篇千古流传的楼记，也不知是岳阳楼成就了范仲淹，还是范仲淹成就了岳阳楼，总之，从此以后，这两个名字便再也割舍不开了。这种现象在中国的文化史上并不少见，范仲淹之岳阳楼，一如崔颢之黄鹤楼、王勃之滕王阁、张继之寒山寺、杜牧之二十四桥……这些精彩的故事，至今让我们津津乐道，恰如一坛老酒，醇香悠久，源远流长。

## 4

谈完了修楼的人，再谈谈登楼的人。我之前已经说过，历史上的岳阳楼是不缺乏热闹的，登楼之人来来往往，络绎不绝。李白、杜甫、白居易、韩愈、陆游、李商隐……就连亦仙亦道、半真半幻的吕洞宾也来凑热闹，高喊着“三醉岳阳人不识，朗吟飞过洞庭湖”。

这些人中，最应该写写杜甫。

杜甫和李白终究是不同的两类人。李白登上岳阳楼时，看到的是“水天一色，风月无边”，而在杜甫眼中，却更多的是满目疮痍，满眼萧然。当然，时代不同了，心境也就不同了。杜甫的那个时候，唐朝的好日子已经到头了。公元768年，杜甫由夔州出峡，兵荒马乱地漂泊在江陵一带，后来一叶孤舟流落到了岳阳。“昔闻洞庭水，今上岳阳楼”，登上岳阳楼的时候正是那一年的冬天，天气冷得要命，但比天气更冷的是杜甫的心，“亲朋无一字，老病有孤舟。戎马关山北，凭轩涕泗流”，他拍着栏杆，望着破碎的山河，潸然落泪……

杜甫其实在唐朝并没有多大的名气，他真正被推崇是到了宋朝的事了，尤其是北宋末年，出了一个“江西诗派”，他们学习杜甫，把他看作诗派之祖。其中有一个叫陈与义的文人，他的诗风被公认是最与杜甫一脉相承的，而他的经历更是和杜甫惊人的相似。他在宋朝南北之交，也是战乱之中，几经流亡，来到了岳阳，并登楼抒怀：“洞庭之东江水西，帘旌不动夕阳迟。登临吴蜀横分地，徙倚湖山欲暮时。万里来游还望远，三年多难更凭危。白头吊古风霜里，老来苍波无限悲。”陈与义的诗我多不喜，但这一首却不由得让人一唱三叹。

## 5

另一位把岳阳楼写进诗中令人拍案叫绝的是孟浩然。

这位被李白尊称为“孟夫子”的诗人在四十多岁的时候来到岳阳，登临眺望洞庭湖，提笔写下“八月湖水平，涵虚混太清。气蒸云梦泽，波撼岳阳城”的诗句，一个“气蒸”，一个“波撼”，瞬时间让岳阳楼在《全唐诗》中风生水起。诗人们都擅长制造气场，但是孟浩然当时的心情恐怕并没有他自己诗中描绘得那般强大，相反，甚至是应该有些失望纠结、黯然神伤的。

这首诗是孟浩然写给当朝丞相张九龄的。人到中年的孟浩然有心进入官场，一展抱负。但是科考不中，便想出此法，以诗求仕，投石问路。这首诗的下面接着写道“欲济无舟楫，端居耻圣明。坐观垂钓者，徒有羡鱼情”，文人的表达都很委婉，说不好听的就是拐弯抹角。孟浩然说自己想过河，但是没有船渡，在这样的盛世赋闲在家不出来为国立业，有点儿对不住天子。看着那些湖边热闹的钓鱼客，自己只有羡慕嫉妒恨的份儿了。这话说得战战兢兢，甚至有点儿丢失了风骨，总之是希望同是大诗人的张丞相能够提拔关照兄弟一把。

大概张九龄收到诗后并没有满足孟浩然的愿望。孟夫子有些心灰意懒，在后来的诗中写出了“不才明主弃，多病故人疏”这样怨气十足的句子，结果真的惹恼了唐玄宗，算是让孟浩然的求仕之愿彻底灰飞烟灭了。孟浩然也就放下了这段纠结，回到襄阳老家踏踏实实地过起了他的田园生活。

我们是多么幸运！中国古代的官场上从此没有多了一个庸庸碌碌的官蠹，而中国诗歌史上却多了一位“田园诗派”的一代宗师。若他做了官，我们到哪里去听“春眠不觉晓，处处闻啼鸟”的啁啾？若他做了官，我们到哪里去赴“待到重阳日，还来就菊花”的恬淡之约？

## 6

“欲为平生一散愁，洞庭湖上岳阳楼。”其实又何止一个杜甫，一个陈与义，一个孟浩然？李商隐、刘禹锡、陆游、张舜民……他们或者贬谪或者流亡到了这里，哪一个来了不是心事重重？由此可讲，黄鹤楼是瑰丽而浪漫的，而岳阳楼则是沉重而感伤的，盛满了不如意者们的重重叹息。

由此，走下岳阳楼的时候，连步履都不由自主地变得有些沉重，踏在木质的楼阶之上，发出“咚咚”的闷响，仿佛是历史的回声。好在还有一个黄庭坚，在他被贬四川六年后，遇赦途经岳阳楼时，留下了“未到江南先一笑，岳阳楼上对君山”的句子，算是给这座沉重的楼台上空多了一抹云淡风轻。想到这里，我的脚步又轻盈起来，不远处就是岳阳楼码头了，去往君山的快艇正在那里等着我们呢。